四五湖岸

市川一雄

鳥影社

四王湖岸　目次

ある歌びと

何もかも新しく明るすぎる葬祭場で営まれる通夜は、お経もかるく流れてゆくようだった。葬祭場の若い係の手なれた司会で進められる儀式を、川村一郎はいささかの違和を覚えながら見守った。読経を終えると若年の僧はさらりとした法話を行い、礼をのべる喪主の岩井慶《よし》之《ゆき》に愛想よい言葉を返してそそくさと通夜の間を出ていった。

「では納棺の儀でございます」

若い係はそういうと、岩井香世《かよ》の亡骸《なきがら》が横たわる寝床の脇に膝をつき、掛け布団を手際よくたたんだ。

もの言わぬ人となった岩井香世は、白地にあっさりした藍色の葛の葉模様の浴衣を着けていた。女性の着物にはうとい川村にも古風な柄に見えたが、着古した感じはない。だが九月も末、山国のこの地では秋冷をひしと感じる今日このごろに浴衣は季節外れだし、死に装束に浴衣というのも奇異におもわれた。

名古屋と首都圏からやって来た岩井香世の甥《おい》と姪《めい》の五人が、係の助言に従って香世の亡骸を抱きあげ、ねんごろに柩《ひつぎ》に納めた。子もなく独り身の老後を老人ホームですごした香世は

「おしまい」をこの遠来の甥、姪たちが見るのである。川村は、人が柩に入る重大事を、粛然とした心持ちで見つめた。

岩井香世は大正生まれの女にしては長身の方だった。信濃の歌人として少しは知られた女人だったが、柩に入った香世はちぢんだ老婆になっている。通夜をひかえて両手を合掌の形に組むとき、硬直していてうまく掌が合わなかったのか、両手首を包帯で固く結わえられていて、香世が最期まで強情をはった姿にも見えた。

葬祭場の係がその合掌の手の上へ経帷子《きょうかたびら》を打ちかけ、お血脈、六文銭、杖、草鞋《わらじ》といった品々を柩に納めた。ただ一人の姪の岩井慶子《けいこ》が香世の歌集と香世が常用したサインペン、眼鏡を柩へ入れた。そして慶子は、古びた紙包みに丸めてたたまれていた薄茶色の薄手の衣服のような物をとりだすと「おばちゃん、これね」といって香世の亡骸の胸のあたりに置いた。

「これでよろしいですね。では皆様で、お棺をお花で埋めてあげてください」

葬祭場の係はそつなく事を進める。慶之や慶子たちが卓上に用意されている生花を一つずつ手にとって香世の亡骸のまわりを埋めてゆく。

「川村さんもお願いします」

慶子が黄菊の花をさし出した。川村はそれをうけて柩の傍らに立った。

香世の顔は死に化粧がほどこされ、唇には薄く紅がさされていたが、面がわりしていて、かつては、八十歳を迎えても生気を失うことなく、あけすけな言い方をまじえて一方的に、それでも結構おもしろい話を切りもなく語りつづけた女人の面影はない。数えで九十の年齢が如実に表れている面貌である。それでも、への字に結んだ口もとと尖った顎に、きかん気の強さを残している。その岩井香世の襟もとへ川村はそっと菊の花をさし入れた。

花で埋められた柩は、通夜の間からホールの祭壇の前へ移された。帰る家のない香世はここで一夜を過ごし、明朝、茶毘《だび》に付されて、午後、葬儀が執りおこなわれることになっている。慶之たちはホールに隣りあう宿所に泊まるのである。

香世は「すがの社」をたたまなくてはいけなくなって、遠縁の女性がもつプチマンションへ移ってからは、アララギ系の女流歌人だけの歌誌「すがの」信濃支部長の地位が、彼女の生きる支えだったようだ。かつては「すがの」の編集発行人を五十年近くつとめ、同人歴六十余年のキャリアが、彼女を「すがの」の重鎮にしていた。全国にそれなりの数の弟子があって、毎月の出詠歌の添削への謝礼や、弟子たちの歌集出版の際に頼まれる序文、跋文の稿料、それにカルチャー講座の講師謝礼といったものが彼女の主たる収入らしかった。年金は国民年金だということだった。「給料取り」の川村からみれば心もとない暮らしに見えたが、川村は「俺にしたってご同類」という思いがあった。

川村は地域紙の編集長をしているが、小さな新聞社の支配をめぐって役員と創業家の間の対立、それとつながる社内の派閥があって、川村はいつ追われるかしれない立場にある。妻に去られて独り暮らしの川村は、流れのままに生きてゆこうとしている。その川村からみても岩井香世の突き抜けた生きかたに興味があった。歌人岩井香世は、弟子たちに支えられる暮らしらしいのだが、弟子たちに随分わがままに振る舞い、しゃあしゃあした顔でとおしていた。

そんな岩井香世は好きなことをして日を重ねる境涯に見えたが、八十路の半ばをすぎてから神経に変調を来した。ガス風呂が焚けないといって、深夜に騒ぎだしたのが始まりだった。もともと夜型の人間で、明け方まで机に向かっていると話していた香世だが、わがままな質が露わになって、午前一時すぎに管理人を電話でたたき起こすことを二度やって、管理人と険悪な関係になった。川村へもそんな時間帯に「辞書に字が出てこない」と電話してきた。その時は「いくらなんでもこんな時間に電話しないでよ」と寝ぼけ声でいう川村に、ふだんだったらさんざん勝手なことをいい散らす香世がめずらしくおとなしく引きさがった。

その香世が深夜にアパートを出て徘徊《はいかい》し、警察の厄介になったことから民生委員が動き、町役場の高齢者係が香世を連れていった隣市の精神科病院の医師が認知症の初期と診断した。香世のような境遇の者が単独で暮らすことが難しいとなれば施設に入るほかない。名古屋から駆けつけた慶之が、香世と親しい川村に協力を求めた。川村は香世に新聞歌壇の選者を頼んでからのつき合いだった。年は三十二歳も違うがウマが合った。というより、気むずかしい香世がかつて文学青年だった川村を気に入ったのか、何かといえば川村を呼び出しては茶話を楽しみにしていたという間柄だった。

岩井慶之は、叔母を町営の特別養護老人ホームに入れてもらうことを希望し、地域紙編集長の川村を頼りにした。甥たちが身元引受人となって名古屋か首都圏の施設へ入れる選択肢もあったが、認知症とはいえまだ自分がわかる岩井香世、それも人いちばい我の強い香世は故郷を離れることを肯《がえ》んじなかった。川村も香世のために、町の施設に入れてやることが出来ればそれがいちばんいいとおもった。そこで、川村の許へ香世の住所を置く形にし、川村が身元保証人となって、町営の施設への入所を申請することで相談がまとまり、町役場へ手続きをとった。そんなわけで独りぐらしの川村に、住民票の上では女性の同居人が居る形になった。

しかし、町営の特別養護老人ホームに簡単には入れない。ベッドの空くのを待つ待機者が多いのだ。とりあえず身を寄せる施設を探さなくてはいけない。慶之と川村が町役場の福祉課の協力も得て、精神科病院が併設した有料の老人施設に入れてもらう話を決めたのだが、自分ではまだ一人で暮らせると思っている香世を施設へ入れるのは難事だった。

皆でなだめすかして香世を送りこんだのだが、香世は、廊下の出入口のドアに鍵がかけられる病棟に入れられたことで、自分のことが半ばわかったのか錯乱状態になった。「私しゃ気違いじゃない。ここから出せ」とわめき続ける香世は、病院の施設には居られなくなった。やむなく慶之が、不動産会社がつくった社会福祉法人経営の痴呆対応の有料老人ホームを見つけてきて香世を移したが、閉塞した山中に建てられた施設は眺めがあまりに寂しかった。幽鬼のような同室者と暮らすことにも堪えられなかったのだろう。香世の行動はいっそう荒れた。どこの施設も少ない職員で運営されているので、おとなしくしていないと置いてもらえない。けっきょく香世はその施設からも追い出された。

いわゆる「まだら惚《ぼ》け」の状態が、頭がよくて気性のはげしい香世をいっそう狂わせるようだった。

困りはてた慶之たちは、個室で面倒を見てもらえる有料老人ホームに香世を入れた。ずいぶん費用のかかる施設のようだったが、香世はここにも順応できなかった。もともと香世は諦めるということをしらない執念深いところがあったし、認知症はわがままな性情を増幅させるもののようだった。言いたいことをいい、やりたい放題のことをする香世に施設のスタッフたちは音をあげて慶之に「引き取ってほしい」と言いだした。慶之たちは当番制で毎月見舞いにやって来ては香世の話し相手になり、なんとか落ちつかせようとしたのだが、香世は「前のマンションで暮らしたい」と言ってきかなかった。香世が施設から逃げだす騒ぎをおこす度に呼び寄せられ振り回される慶之たちを川村は気の毒に思った。「ここならば」と思っていた慶之たちの困惑は大きいようだった。

駄目だろうとは思ったが川村も香世の説得を試みたことがある。明るい秋の日差しがさしこむ香世の部屋を訪れると香世は「ふん、来たのかい」というようないつもの顔つきで川村を迎えた。そうしておいて機嫌よく茶を淹《い》れクッキーなど出して長いおしゃべりを始めるのが、独り暮らしのころの香世のならわしだった。この日も香世は機嫌よく話しはじめて川村はほっとした。というより「これで認知症なのか」と疑うほど、以前と変わらぬ香世にみえた。ところがたちまち顔がくもって施設の悪口を言い立てはじめる。これまで見たことのないとがった目つきになって不平不満を言いつのる香世に辟易《へきえき》し「ここを終《つい》の住処と思い定めて、歌を友に過ごしましょう。私も歌の話をお聞きしたい」といってみた。気づくことがあったらと期待したのだが、そんな言葉は香世の耳には入らないようで、不満をいいつのるばかりだった。

もともと香世は人の話など耳に入れない女人だった。まして認知症は（軽度であっても）諦念などという感情は踏みつぶしてまうだろう。そんな香世にそれを言っても詮ないことなのだが、彼女の言葉には、自分がどうなっているのかわからなくて混乱しているのではないかと感じられる節《ふし》があった。そう思うと香世の姿はいっそう痛ましかった。それでもと思い

「歌がうかんだら書き留めてね」と言ってみると香世は「ふん」と鼻を鳴らして「歌はもうつくりません」と断固とした口調で言った。香世は苛《いら》だち、いっそう険しい目になっている。川村はどきりとした。歌をつくろうとしても、どうしても焦点を結ばないところがあることに香世は気づいて、もがき、そんな身になって歌をつくってはいけないと自分に命じているのではないか……。とすればこれは恐ろしいことだと川村は思い香世の顔を凝視したが、香世の目はただ尖っているだけで、悲哀の色といった感情のにじみはみえなかった。

そんなことがあってから間もなく、幸いにも町営の特別養護老人ホームに空きができて、入所許可がきた。待ちに待った許可だった。慶之たち「いとこ会」は全員がそろって、香世を丘の上にあるホームへ送っていった。川村も同行した。慶子が「おばちゃん、こんないい所へはいれてよかったね」と話しかけると、香世は不機嫌な顔を変えずに「そうかい」とそっけなく答えた。それでも街とみずうみを見はらす眺めが香世の気持ちをいくらか和ませたようだった。こうして岩井香世はようやく終の住処に落ちつくことができたのだった。

ところが一年ほど経たころから香世の認知症は急に進んで面相まで変わり、とくべつ可愛がっていた慶子さえ分からなくなっていった。そしてホームで八十九歳の誕生祝いをしてもらった夜、熱がでて救急車で病院へ運ばれた。施設から知らせを受けた川村が病院へ飛んでゆくとすでに香世の意識はなかった。肺炎を起こしているということだったが、香世は強い心臓で持ちこたえ五日後の深夜、慶之と慶子に看取られて息を引き取った。川村は翌朝、慶之から電話で香世の死を知らされた。慶之ら甥と姪たちの「いとこ会」が連絡をとり合い、もしもの時のために葬儀社と打ち合わせをするなどして遺漏ない態勢をとっていると聞かされていたので、川村は安心していることができた。

慶之たちはよくやったと川村は思う。嫌な顔を見せずに香世のために良かれとやってきた。なかなかできないことだと川村は思う。慶之、慶子たちはみんなが香世を「おばちゃん」と呼んでいる。しぜんな情愛から出る行いに見えるのが気持ちいい。香世は利かん気の強いむずかしい女だが、肉親の情は濃いと見受けられた。甥や姪たちには小さな時から小遣いをやったりして、ずいぶん可愛がってきたようである。彼らは、学校が夏休みになれば「すがの社」の離れへやって来て香世に面倒を見てもらったという。甥や姪たちには大事な「おばちゃん」のようである。

彼らはそろっていい会社に勤めていて多忙な日常らしいが、交代で「おばちゃん」の見舞いを続けた。隣の市《まち》にある岩井の本家（香世の生家）の跡取りの慶之を中心にまとまりのよい甥、姪たちである。香世の認知症が進んで対話不能になってからも、彼らは交代の見舞いを欠かさなかった。死亡届から通夜、葬儀の段取りまで役目を分担して彼らだけで滞りなくすすめている。ふつうなら地元に住む川村が面倒をみなければいけないところだが、顔を出しているだけでいい。それでも川村は、葬祭費用のことが気がかりで、慶之にそっと聞いてみると「おばちゃんが遺してくれたお金で間に合います」とのことだった。墓碑をたてる費用もその金でまかなえるらしい。墓碑は本家の近くにある岩井家累代の墓所に建てますと慶之は言った。

慶之ら「いとこ会」の意向で新聞への葬儀広告は出さないことになった。通夜の知らせをしたのは川村と香世の短歌の弟子たちだけだったので、内輪の通夜のお斎《とき》はうちとけて、故人を偲《しの》ぶにふさわしいものになった。

ビールで献杯をするとすぐに慶之が椅子を立って川村のところへお酌にきた。大手の印刷会社の名古屋支社のデザイン部門で働いているという慶之は、浅黒い顔によく光る鋭い目が精悍《せいかん》な印象をあたえるが、実直な人物であることを川村は知っている。

「川村さんには本当にお世話になりました」

慶之は気持ちのこもった言い方で礼をのべた。やや鼻にかかる高音で歯切れがいい。「いえ、私なんか何も出来なかった。あなたたち、本当によく面倒をみてあげましたね」

川村が返した。

「おばちゃんの話し相手になって頂《いただ》いて、有り難いことでした」

寡黙な慶之の言葉はいつも簡潔である。

「マンション時代が懐かしいですね。けんかばかりしてましたがね。おばちゃん、あの調子でとんでもないわがままをいい出すでしょう。私は遠慮せずに『それはダメですよ、先生』なんていってあげる。おばちゃんはカッカとなって喰ってかかるというわけでね。でも憎めない人でした。おばちゃんから、たくさん話を聞かせていただきました」

岩井香世と長くつき合えたのは、一つには気が合ったからだった。それに、国文学の鶴見慶太博士と親しかった香世の話には傾聴に値するものがあった。川村はいつも聞き役だった。一方的に、切りもなく話し続ける香世に、川村が腕時計をみて「夜も更けましたから、ぼつぼつおいとまします」などと言い出そうものなら香世はたちまち不機嫌になって、十一時を回っているというのに口をとがらせて「まだ宵の口じゃないの」と勝手なことをいうのだった。

「叔母の墓碑は、叔母の短歌を彫って墓歌碑にしたいと思います。墓石のデザインは私がします。案が出来ましたら見ていただきます」

昔のことを思い出している川村に慶之が告げた。

「それはいいね」

川村は感動して慶之と目を合わせた。鋭い慶之の目に、これまで気づかなかった柔和な光がある。本当によく光る目である。慶之は未婚、五十歳代と川村は聞いているが、その年齢よりずっと若く見える。ひき締まった体軀《たいく》をしていて、服装にもゆるみがない。

「川村さん、お酒でしょう？」

吟醸酒の瓶を手にして慶之の後ろでやり取りを聞いていた慶子があとのお酌をひきとった。よく気のつく女性である。慶之は自分の席へ戻っていった。

「そうだね、酒にしよう」

「本当に川村さんは、おばちゃんのいいけんか相手でしたね。わがまま者のおばちゃんのお相手をしていただき、どうもありがとうございました」

慶子が川村の酒杯に酒をつぎながら、いつもの暢達《ちょうたつ》な声で言った。慶之に負けない浅黒い顔の中の丸い大きな目に愛嬌《あいきょう》がある。目尻に小じわが見えるが、慶子はそういうことに頓着する風はない。

「愉快なおばちゃんが逝っちゃって、寂しくなるね」

「仕方ないもんね」

慶子はさらりと言う。

香世はとくに慶子が気にいっていたようで、ふだんの話の中によく「慶子」「慶子」と彼女の名を出したものである。「広告会社に勤めているんだけどまるで色気がなくて、もう三十になるというのに、いっこうお嫁に行く気がなくて困る。いいお婿さんいないかしら」

などと香世は言っていた。十年も前のことになる。どんな娘だろうと川村は思っていた。ある日、香世からの電話があって「すがの社」を訪ねると横の駐車場に黒のベンツが停まっていて、慶子と初めて顔を合わせた。ベンツは彼女が乗って来たと聞いて川村はへえと思った。香世からしょっちゅう慶子のことを聞いていたので、初対面の感じはしなくて、川村が「ベンツ姫」と呼ぶと慶子は「ポンコツ市場で見つけたの。いつエンコするかとドキドキしながら運転してきました」と言ってニヤリと笑った。小窓からよく見ると、なるほど大分よたった感じのクルマだった。慶子も香世から「けんか相手」川村のことを聞いているらしくて、初めからうちとけてくれた。香世のいうとおり色気のない娘だった。目鼻だちが整っていて品もあるのに、痩せすぎのからだに黒っぽい物を無造作に着ているし、話しぶりもさばさばしていて、女を感じさせるものがない。話しているうち、何度も煙草に火を点けた。しんからの煙草好きらしかった。

彼女は今もシングルである。かまわない髪形も昔のままの「慶子さん」だが、前よりさらに痩せて膚の黒さが増した感じなのは、年齢のせいなのか、煙草の吸いすぎなのか。娘のように見えても、四十代に乗った女性なのである。

「仕事はいそがしい？」

「ええ、お陰さまで」

「からだ、気をつけてね」

「川村さんもね」

慶子はにっこりと川村の目を見て自席へ戻ってゆく。代わって岩井浩《ひろし》が、おちょぼ口をほころばせてお酌に来た。業績好調の超一流の電子機器会社の社員だが、いかにもおっとりとした人柄である。「いとこ会」の最年長、定年が近いようだ。口をもごもごさせて「いろいろと面倒をお掛けしましたね」などといい、川村と目を合わせてにこにこ笑い、も一度お酌して自席へ戻って行く。慶子の兄で見るからにキレ者という感じの商社員、岩井悟郎《ごろう》が来た。柔道家のような体格で豪傑の風のある食品会社社員の岩井孝夫《たかお》も来た。この「いとこ会」の面々を川村は『ツブがそろってる』と思って眺めている。彼らがチームワークよろしく香世の面倒をみてきたことに川村は注目しているのだ。

慶之が本家を継ぐ岩井家は隣市南部の、杖突《つえつき》峠ふもとの旧村部にある。昔は峠越えの街道を往来する人馬のための宿屋だったそうである。建物は母屋と庭だけ残して慶之が維持し、近くの菩提寺《ぼだいじ》の墓地にある岩井家同族の墓は慶之ら「いとこ会」が守っている。彼らが強い紐帯《ちゅうたい》で結ばれていると見える根っこに、〈峠ふもとの家〉と同族の墓があるのだろう。

斎の膳は和風、洋風を組み合わせたメニューで広いテーブルにきれいに並べられていて、川村はひととおり箸をつけた。慶之ら従兄弟たちは、すっかりくつろいで、ビールを酌み交わしながらおしゃべりをしている。指に煙草をはさんで慶之と熱心に話しこむ慶子の丸い目の表情が面白くて、川村は杯を傾けながら眺めていた。

そんなお斎も程よいところでお開きとなった。香世の弟子たちは慶之に丁寧な言葉で礼をのべて帰って行ったが、喪主の慶之から明日の葬儀に弔辞を頼まれている川村は、慶之の意向を聞いておかなくてはいけないことがあって残った。慶之と慶子はフロントへ行って何か話している。他の従兄弟たちは控室へ引きあげたので、川村は廊下で待つことにした。新設の葬祭場はどこもかしこも影をつくらない照明が明るすぎる。

フロントを離れた慶之と慶子はホールへ行き、香世の柩の前で線香の継ぎ足しをしている。慶之と話すため川村もそこへ行って線香を立て、改めて柩の窓から香世の顔をのぞいた。死者の顔は時間が止まっている。認知症が進んだ香世は、二年ほど前から何も分からなくなっていて、見舞いに行った川村と顔を合わせてもニャニャニャ……と意味のないことをいい続けていた。多弁の人は認知症になってもこうしてしゃべり続けるのかと川村は思ったことである。香世はその時のままの顔で柩の中に横たわっている。

川村は、柩に納まった母親の顔を思い浮かべた。この上なく寂しい顔であった。臨終の一週間ほど前のことだった。口数の少ない母親が「遠い所へ行きそうだで寿美子を呼んでおくれ」といい、一人しかいない姪と会いたがった。「遠い所へ」——その言葉を思い出すたびに川村は、死に近い母親が向き合っていたふかい孤独を思う。いつの間にか混迷の時間のなかに迷いこんだ香世も、独りとぼとぼと遠い所へ旅立とうとしている。

「川村さんに見ていただいていい？」

慶子が古びた紙片をバッグから取り出して慶之に尋いた。慶之は目を光らせて頷《うなず》いた。

「これを」

慶子が紙片を川村に渡した。サインペンで走り書きのような文字が記されている。香世の筆跡である。川村は文字を追って目を走らせた。

これは鶴見慶太先生のお見立てで香世が
初めて先生から買って頂いた浴衣です
香世が死んだ時これを着せて下さい

とある。

「これも」

慶子がもう一枚の紙片を川村に渡した。それにはこうあった。

鶴見先生の甚平です
香世の棺に入れて下さい

川村は言葉を出すことができずに紙片を見つめた。慶子が香世の亡骸へ添えるようにして置いたのは鶴見博士が着た甚平だったのだ。川村は、香世と鶴見博士の間柄について、そういうことであろうとは承知していた。香世は、あからさまに語ったことはないが、なにかといえば「鶴見先生が――」と言い出して、いかにも楽しげに博士の思い出をえんえんと話し続けたものである。香世のなみなみでない気持ちが感じ取れたのだったが、香世の思いがこれほどに深いものだったと知って、川村は胸をはげしく打たれる思いで香世の物いわぬ顔をながめた。

川村は目をあげて慶之を見た。慶之の光る目とぶつかったが、慶之は何も言わない。川村は慶子を見た。慶子は明るい瞳で微笑んでいる。川村も微笑み、ちょっと頭を下げた。

「ありがとうございました。私はこれでおいとまします」

川村はそう言って二つの紙片を慶子に返し、香世の柩の前にもう一度線香を立てた。慶之と慶子が川村を葬祭場の玄関まで送りに出た。

川村が慶之の意向を聞いておかなければいけないと思ったのは鶴見博士のことだった。香世に捧げる弔辞の中に、鶴見博士の名をどうしても入れたいと川村は考えていた。そうしなければ香世の霊魂を慰めることはできない。

『これでいい』

川村は慶之と目を合わせたとき胸中でつぶやいた。話しておかなくても、慶之や慶子たちは川村の読む弔辞を了解してくれるだろうと確信した。

葬祭場を出て、葬祭場のある新開地を区切る広い道を渡り旧市街の路地に入るとコオロギがないていた。強まる夜の冷えこみにふるえる心細いなき声である。川村は弔辞の文言を思案しながら歩を運んだ。歌人岩井香世を語るには、まず「すがの」代表今野国枝の指導のもとで歌人として立ったことを挙げなくてはいけないが、鶴見博士のことをどう言ったらいいか。もちろん、抑えた言い方にしなくてはいけない。平凡だけれど「鶴見慶太博士の導きに応えて精進され」とさりげなく述べるぐらいにとどめるのがいい。香世の歌一首「しんしんと凍み透る夜のストーヴの青き炎のさゆらぎてゐる」を読みいれ、歌の道ひとすじの生涯を讃《たた》える言葉で結べば弔辞を組み立てられる――

帰宅して玄関の電灯を点けると、玄関のたたきにコオロギが一匹入りこんでいた。外気の冷えに耐えられなくなったのだろう。川村はコオロギをそのままにしてやることにして靴を脱ぎ、玄関につづく狭い廊下にならべてある本棚から岩井香世の歌集『釣船草《つりふねそう》』をぬき出すと居間の電灯の下でページをくった。鶴見博士が急逝した前の年に香世が編んだ歌集と聞いている。改めて歌を読み直してみたのだが、かねてから疑問におもっていたとおり、やはり相聞歌は見あたらない。そのことを川村は不満におもう。どうして胸のおもいを歌にしなかったのか。比喩あるいは暗喩の表現でも詠めなかったのか。おそらくは博士の名誉を守らなくてはいけないと固く心にきめ、断念したのだと想像された。それは歌人としてどれほどつらいことであったか。それをおもうと岩井香世があわれでならない。思いのたけを歌にしなかった岩井香世は、歌人として徹底していない。己を押しとおし、歌人として生きってほしかったとおもってみるが、やはりそれは出来ないことであったのかもしれない。禁欲的なアララギの歌風の中にとじこもって生きた岩井香世である。呪縛をみずから解きはなち、女のいのちを歌うことなど考えてもみなかったというのだろうか。自分を律した「古いおんな」岩井香世の勁《つよ》さをいうべきなのかともおもってみるが「女人の勁さ」などと歯の浮くような言辞をかるがるしく口にする気持ちにはならない。香世は鶴見博士に買ってもらった浴衣を死装束にし、博士の甚平を抱いてあかあかと燃える焔《ほのお》に焼かれていった。この歌集、香世が鶴見博士ひとりにささげたくて上梓したのではなかったかと気づく。いやそれだけは確かなことのように川村にはおもえた。

川村は居間の隅に置いて使っていた古ぼけた小さな文机《ふづくえ》で弔辞をしたためた。この文机、もとは今野国枝の生家で下諏訪宿の茶屋の離れにあったものだと川村は聞いている。国枝はその生家を「すがの社」編集所兼住居としていた。岩井香世が「すがの」代表の座を今野好枝へ譲り家屋敷を今野家へ引き渡し、プチマンションへ移ることになったとき、引っ越しを手伝った川村に香世が「これ、鶴見先生が愛用した文机なの。川村さん、使ってくれない？」と言った。黒くくすんだ古物だが、鶴見博士ゆかりの机だというし、消え去る「すがの社」の記念にもと、もらい受けることにしたのだった。川村がひき取らなかったら「すがの社」の建物が取り壊されたとき古材といっしょに片付けられてしまったことだろう。

弔辞を書きおえて床に入ったがなかなか寝つかれなかった。慶子が見せてくれた紙片の文字が頭から離れない。玄関でコオロギがチチと鳴いている。消え入りそうな声である。前夜まで家のまわりで聞こえていたなき声はもう絶えている。

岩井香世が「ふしぎな出来ごと」として語った話が思いだされた。

――「すがの」の全国大会が高知であったときのことなの。宿の広間で開かれた歌会を終えて出るとね、長い廊下の向こうに鶴見先生が立っていらっしゃるの。いつもの着物姿でね。「あら先生、来てくださったんですか」って声をかけると、先生はすっと廊下を曲がってしまっちゃったのね。横にいた人が「どうなさったの」っていうから「だって、あそこに鶴見先生がいらっしゃったでしょ」と答えると、その人は「見えなかった」っていうのよ。おかしいな、そんなはずないと思って廊下を小走りに行って、鶴見先生が消えた右手の廊下を見たけど、誰も居なかった。その翌朝になって、鶴見先生が前の夜に東京の料亭で脳溢血のため急逝されたという知らせが届いて、みんなに知らされたの。鶴見先生は私に逢いに来て下さったのよ……

そういう話だった。そんなことがあるのかという思いにうたれたものだった。岩井香世はつくり話をするような人間ではない。本当に香世の身におきたことだったのだろう。二人はそれほどの仲だったということなのだ。岩井香世と鶴見博士の間柄のすべてを物語る話だと川村は思っている。

香世がもう四十年も前に「すがの社」の中庭で撮ったという鶴見博士の写真をみせてくれたことがある。博士をかこむ学生たちのスナップだった。着物姿の博士は丸顔でふとっていて短軀、大店の旦那といった風貌である。その写真の左隅に三十何歳かころの香世の姿があった。そこに身を置くことをためらうような翳《かげ》りのある顔と姿勢で写っていた。博士と香世の関係をおぼろに知る川村には、ひっそりと隅に立つ香世の心のふるえが伝わって来るように思える写真だった。と同時に、細身のようでいて骨格の強さを感じさせる軆《からだ》を夏物の着物につつんだ香世の若々しい姿態に目を見張る思いがした。

香世はけっして美貌とはいえないが不美人でもない。面長、目の下の骨がやや張っている面差しに野性味がある。それに何よりも印象づよいのは膚の色の白さである。それもただの白さでなくてきめが細かく、蠟石《ろうせき》のなめらかさを見せる膚なのだ。香世は八十歳にしてそういう膚を保っていた。いつも着物でとおした香世の襟元にのぞくそんな膚が川村には眩《まぶ》しかった。博士と写っている写真を見せられたとき川村は、若き日の香世がどんなに美しかったことかと、よこしまな思いに駆られたものである。そしておもった。香世が博士を思慕したというより、江戸っ子の鶴見博士がこの信濃の女の魅力にひきつけられたのではなかったかと。

香世の話だと鶴見慶太博士は浅草の職人の子という。小さな時から遊びも勉強もとびぬけていて神童といわれていた。そんな子を日本橋のさる大店の旦那が娘の婿にと見こみ、学資を援助して帝大国文の大学院まで存分に学ばせた。学位を取って某国立大学に職を得た慶太は、恩ある人の娘——その時は相愛の仲になっていた——と結婚したのだそうである。それでいて浅草育ちの遊びの通人慶太は、婚家の金を遠慮なくつかって花街で遊んだというが、女子大出の才媛である夫人がまた江戸前の「よく出来た」女で慶太を思い切り遊ばせ、自分は家を守って波風たてるような野暮なことはまったくなかったと聞いていると香世は話した。そして香世はこんな話を川村に聞かせた。

――鶴見先生は毎年「すがの社」へ避暑にきていらしたのね。ある年、先生の奥様が突然やってこられたの。それは美人で、品のある、おっとりとした方でね、私と目を合わせて曇りのない笑顔で「主人をどうぞ宜しくお願いいたします」とおっしゃるのよ。私はもう足がふるえて何もいえなかった。大した奥様だったわ。鶴見先生も、あの奥様にはまいっていたんだと思うわ……

鶴見夫人は香世を見にきたのだろう。そして香世にそんな言葉をかけた鶴見夫人の胸中が思いやられる話ではあったが、おののきふるえる香世の様子もありありと川村の胸にうかんだ。

そもそも香世と鶴見博士との出会いは、「すがの」創立者で香世の叔母の今野国枝が鶴見を「すがの」の顧問に迎え、国文学では名門の私立X大の教授になっていた鶴見を避暑に招いた折だったという。今野国枝は万葉調への復帰を鼓吹した「アララギ」の島木赤彦の導きで歌人になった女人であり「すがの」をアララギの歌風を継ぐ女流歌人の結社として育てた。娘のころから短歌にひかれていた香世はその今野国枝を慕い、十六歳のときから「すがの」へ投稿していたという。国枝の世話と家事、そして「すがの」の編集助手として忙しい毎日を送りながら、仕事を終えてから歌作に打ちこみ萬葉集を読む香世に、鶴見博士が萬葉集の講義をしてくれるようになり、それが毎夜のことになったのだという。「もっともっと勉強しなくちゃと思ってたから、先生の講義にくらいついていったわ」と香世は話した。「偉い先生が私ひとりに講義してくださるのよ、私しゃそりゃ必死でしたよ。自然に先生を慕う気持ちがつのっていったのね」とも香世は語ったものだが、川村はそれは少し違うんじゃないかとおもった。都の女になじみ粋筋にもてたという鶴見博士は光の君だったろう。そんな鶴見博士が、ひたむきに短歌にむかう香世の、信濃の野の香りを漂わせる健康な姿態を目にして、都会の女に無い魅力にとらわれ香世の手を引きよせたのではないのか。いとおしくもい執心したのは、香世より、十二歳年上の鶴見博士であろう。香世は博士に引きずられて愛におち、忍ぶ恋に身を灼くことになったのではなかったかと川村は想像できる。それは若き日の香世の写真を見て彼女の匂い立つような姿に目をみはった川村の男としての実感だった。

香世を得てから鶴見博士は研究会とか講演だとか信州との関わりを深めて「すがの社」を足しげく訪れるようになったらしい。そして「すがの社」の敷地の一隅に放置されていた空き家に目をつけ、私費で手を入れてX大のセミナーハウスにしたいといいだしたのだという。香世がこれを受け入れてセミナーハウスが実現すると、X大の看板教授だった鶴見博士をしたう学生、院生が合宿にやってくるようになったばかりでなく、鶴見博士と親しい学者、編集者といった人たちの宿泊が増えて香世は、そうした人たちの世話にも生き甲斐を見出していたのかもしれない。浅草の職人の子として育った鶴見博士は、古家をうまく生かして楽しむというような経営的センスも持ち合わせた粋な男だったのだろう。

香世と鶴見博士の交情はさらに深まったのだろうと川村は想像する。それは川村の記者時代のことで、川村は鶴見博士に接したことはないが、夏の合宿にやって来る大勢の学生が「すがの社」の古びた建物に出入りするのを見かけたし、玄関の脇に「X大学セミナーハウス」と記した小さな木札が掲げられているのを目にとめた記憶がある。

さびれゆくミクロの温泉町下諏訪で「すがの社」のある湯田坂界隈だけにほっとする雰囲気が漂っていた懐かしい思いが川村にはある。

当時の下諏訪は、戦時中「聖戦遂行」を叫んだ右翼の地方政治家が、戦後は社会党を名乗り町長になっていて、大政翼賛会の戦後版のような奇妙な小ファシズムの政治が行われていた。

封建の遺風の残る小閉鎖社会の下諏訪の町では、うさん臭い人物でも権力を握ると、やりたい放題の政治が許される。それがこの町の政治風土である。そんな小ファシストがしたり顔で号令する町に逼塞《ひっそく》していた川村は憂鬱だった。

ファシスト町長が行ったこの町独特の、なんとなく変な形の政治は引き継がれていて、お世辞にも居心地がいいとはいえないけれど、そんな町で、突き抜けた口調で世間話をする岩井香世の語りは爽快で、鬱屈していた川村には救いだった。

そのころ新聞社の編集長になった川村が、香世に新聞歌壇の選者を依頼したことから香世とのつき合いが始まったのだった。初めのころは投稿原稿を記者に「すがの社」へ持って行かせ、選と添削原稿の受け取りに川村が出向いたのだが、言葉づかいにこだわる香世が、原稿運びの記者の非礼を責め、川村にまで電話で火のつくような激しい文句を言ってきてから、川村がもっぱら「すがの社」詣でをするようになった。

そんな香世がなぜか川村には気を許すようになって「上等な紅茶が手に入ったからおいでなさいよ」などと繁く電話をよこすようになった。行かないと癇癪《かんしゃく》をおこして、編集の大事な時間帯でもお構いなしに電話で勝手なことをいい続けるので、持て余すこともあったが「すがの社」での香世との対話は不快ではなかった。いや、対話なんてもんじゃなくて、川村の言葉なんか耳にいれようとせずに、香世が勝手気儘にしゃべり続ける話に川村が耳を傾けるという対座だったが、鶴見博士のことに始まって「すがの社」へやってきた歌よみ某の奇行、はては香世を口説いたという出版人と地方歌人の滑稽な話など、突き放した語り口の面白さもあって、聞いていて飽きなかった。話に切れ目がないのには閉口したが、種子島の弟子が送ってくる見事な「でこ－ポン」といった珍品を口にすることもできた。香世には高知や北信濃など遠方にも弟子がいて、そうした弟子はきまって富裕者らしく、そうした弟子は月々の添削料のほかに、盆暮にはまとまった額の礼金を送ってくるらしいことが、香世の話からうかがえた。

太平洋戦争末期、今野国枝は東京の自宅に置いていた「すがの社」の編集所を下諏訪の生家へ移し、自らも疎開《そかい》して来ていた。夫の代議士今野征郎は、選挙区の関係から茨城へ移ることになったため、夫婦別居の暮らしになってしまったのだった。

香世は独り東京に残り、編集所を守っていたが、五月の空襲で編集所は焼亡した。この時、香世は月刊誌「すがの」の歌稿をリュックサックへ詰め、火の粉を払って脱出したという。歌稿を死守して下諏訪へ運んだ功労者である。「すがの」は欠号を出さずに、発行を続けることができた。

香世は、父親（教員）の師で島木赤彦直系の森山汀川《ていせん》について歌の道に入り、叔母の今野国枝（赤彦の直弟子）から内弟子にと望まれて十六歳で上京、ずっと国枝と暮らした。

わがままで癇性《かんしょう》もちの国枝の元で、女中と編集助手の二役をこなす厳しい修業の日々だったらしいが、香世は「苦労と思ったことなんか一度もなかった。毎日、励んで仕事してたもんね」と川村に話したものである。もともと素直な育ちの人なのだと川村は思っていた。内弟子に入る前の一年間、日本郵船シドニー支店長をしていた弟一家のハウスキーパーをした。往復の豪華客船で、シドニー支店長のお姉様とあって、高級船員たちからモテまくったそうである。そういう陽性の社交家でもあった。「すがの」では国際感覚を身につけた異色の存在だったのである。

敗戦、窮乏と混乱の中で国枝が急逝し、香世は「すがの」代表の座に着いた。実力、人気兼ね備え、誰もが認める人事だった。

そして香世は一気に歌壇の中堅歌人の一人に挙げられることになった。教員で伊那谷の有力歌人湯本千《せん》が「すがの」の編集を手伝うため、下諏訪の小学校へ転任して来てくれ、私立大学の国文院を出た岡山の新人歌人稲垣陽子も無給の内弟子にやって来て編集所は盤石となった。

香世の選評は好評だった。全国に弟子が増え「すがの」の経営は順調だった。高度経済成長で沸く世の中になって昭和元禄と呼ばれていた。日本はもう二度とあんな時代は来ないといわれる奇蹟の時代だった。香世が活躍した時代がそれと重なる。

しかし、香世の歌はあくまでも地味だった。戦後歌壇が百花繚乱の世界となって清新な歌声も生まれてきた中で、香世は、戦前からの精神主義の伝統に生きたアララギの歌風から一歩を踏み出そうとはしなかった。新奇な表現を追求をすることをせず、弟子から頼まれた歌集をつくるときも、派手な装丁を嫌った。

香世が主宰し、年一回、各地で開いた「すがの」全国大会での挨拶も地味なものだったという。ところが、美辞麗句流れる如くだった師国枝の話より、香世の方が人気があったと川村は聞いている。信濃の女らしく率直に、飾らずに語る言葉に味があったというのである。

しかし香世は、歌壇で名声を得ようと足踠《あがく》ことはなかった。信濃の一歌人として終わった生涯だった。

その香世にも晩年に破瀾《はらん》があった。世の中の高齢化が急に進んで同人が減っていく中で、七十歳代を迎えた香世は世代交代を迫られたのだ。今野国枝の長女今野好枝の台頭もあった。今野家の事情で、下諏訪の「すがの社」を下諏訪町へ譲り、発行所を東京の今野家へ移すことになったのを期に、香世は引退を決断したのだった。

川村は、香世から突然、「すがの」の代表を姪の好枝に譲ると知らされるまで、何の話も聞いてなかった。

川村は香世から、しごくあっさりとそのことを告げられた時「えっ、そんな……」といったきり言葉を出すことができなかった。三十年余もつとめた代表を降りることに悩まなかったはずがない。煩悶《はんもん》の日を送ったのではと川村は思ってみたのだが、香世はすずしい顔を川村へ向けているきりだった。

その後も香世は、このことで愚痴っぽい言葉をもらしたことはない。だいたい香世は、愚痴とは縁とおい女人だった。湿っぽいことを口にしたことは一度もない。香世は賢く、潔よい信濃の女として生き切った。

その間、香世は相思相愛の仲の鶴見慶太博士を失っている。香世は木枯らし吹きすさぶ荒野に独り立っていたのだと川村は思い当たる。

川村が香世に湖国歌壇の選を頼んだのは、香世がそんな心境にあったころだったのだ。川村は、香世が何も話してくれなかったことを恨みに思ったことであった。

後に、香世とこんなやり取りをしたことを川村は思い出す。

——鶴見先生がなくなって私しゃ腑抜《ふぬけ》けになっちまってね、夜は眠れない、物は食べられなくなるしで大変だった。ありゃウツだったんだって思うわ。ウツってそりゃあ苦しいものよ。あんた、私を見ていて気がつかなかったの？

——そんな風には見えなかったですよ。岩井香世先生は強い人ですから。

——私しゃ弱い女ですよ。

——え？　今日は意外なことをお聞きしたなあ。

——私は弱い女です。新聞社へじゃんじゃん電話して、あんたを呼び出しておしゃべりしてた。それで気がまぎれた。千とイネちゃんにも助けられた。

——毎日のように呼び出されたことがあったですね。

——そうよ。あんたが嫌な顔みせずに話し相手になってくれて助かった。あんたのおかげでウツから抜け出せたようなものよ。

――そうかなあ。私は結構きついことを言ってたと思うけど。「お弟子は平等に扱わなきゃいけません」とかね。AさんとBさんが張り合ってるのに先生はAさんを贔屓《ひいき》しすぎると思いますよ。

――だってAはこわいもの。あの人、料理が上手でしょっちゅう何やら持って来るでしょ。Bの歌を少しでも褒めようものなら、Aは大変よ。

――先生でもAさんがこわいの？

――こわいわよ。あの人、からだを震わせて怒るからね。

――財産家のAさんからいろいろ貰うからって、そんなことで贔屓しちゃだめ。お師匠さまは超然としていなくちゃいけません。

――何いってるのよ。あんたなんかに分かるもんですか。

そんな風にいいながら香世は不機嫌にはならなかった。私心なく正直に物を言っていることを香世も承知してくれているからだと川村はおもっていた。

葬儀の日は雨になった。会葬者は香世の弟子たちなど四十人ほどだった。「すがの」の今野好枝の生花が供えられ、弔辞が東京本部からやってきた編集委員によって読みあげられた。それはそつのない弔辞ではあったが型どおりという印象のものだった。川村は司会者から故人の友人と紹介されて、簡潔にまとめた弔辞を読んだ。感度のいい音響装置からながれる澄んだ音声によって、歌人岩井香世にこころからの葬送の言葉を贈ることが出来たと川村はおもった。

お斎の席には弟子たちもつらなったので、にぎやかな座になった。川村は弟子たちの端に座った。献杯は香世が好んだ「かりん」の果実酒だった。凍夜、アラジンのブルーヒーターが燃えるあたたかい香世の部屋で、薄紅色のガラスの酒杯に満たされたかりん酒を味わいながら、香世の長話に耳を傾けたことがあったことを川村は思い出す。香世はかりんに特別の愛着をもっているらしかった。秋が深まるころ、黄土色に固まったかりんの実を旧知の農園主から届けてもらい、かりんの砂糖漬けを手作りし、実のいくつかを玄関と居間にかざるのが例だった。うすい綿毛につつまれたかりんが放つ芳香が「すがの社」の編集室を兼ねた居間を満たしていた記憶は鮮やかだった。鶴見博士もこの香りを楽しんだことだろう。かりんの本当の名は「マルメロ」だそうだが、この地方では江戸のむかしから「かりん」と呼ばれて特産品になっている。香世の生家の裏手にもかりんの古木があって、たくさんの実をつけたと香世は話した。かりんを詠んだ歌もいくつかあった。ひょっとしたら、かりんに寄せた隠喩に鶴見慶太への思いを託した歌があるのかもしれない。歌集を読み直してみようと川村はおもった。

十五夜の月を、香世の生家の脇から登る杖突《つえつき》峠の茶屋へ行って、弟子たちのおしゃべりを聞きながら眺めたときも、香世は鶴見博士とこの茶屋を訪れたことがあると話した。そんなことどもが思い出される。歌人岩井香世もこれで「おしまい」になる——。川村はかりん酒を口にふくみながら人の一生というものについての思いにふけった。

「川村さん」

声がして見上げると洋装の喪服姿の慶子が立っている。丸い目がわらっている。

「やあ慶子さん、お疲れさまでした」

「生花と弔辞、ありがとうございました。おばちゃん、よろこんでくれたと思います」

慶子の言葉は短いが充分な気持ちが伝わって来る。

「そう言っていただけると、うれしい」

「さあどうぞ」

慶子が地元の蔵元でつくられる吟醸酒の緑色の小瓶を川村へむけた。川村は杯をとりあげてそれを受けた。

「川村さん、おばちゃんがどうして川村さんばっかり家へ呼んだかわかる？」

「どうしてだろうね」

「おばちゃん言ってたわ。川村さんて馬鹿正直で世渡り下手で、私にきついことばっかり言うけれど、憎めないって」

「きついこと、言いすぎたかな」

「もう一つあります」

「何だろう」

「川村さん、鶴見先生と似てるんだって。からだつきと顔とか全体の感じが」

「え？」

川村は驚き、すぐには言葉を出せなかった。光栄だけどそれは違うんじゃないか。風采の上がらない、しがない田舎新聞の編集者のおれが鶴見博士に似てるなんて、それは違うだろう……

「ずんぐりむっくりのところが似てるのかな」

答えて川村はすこし照れた。慶子は微笑み、愛嬌のある丸い目を細めて川村を見つめている。岩井香世はおれのような者の背中にまで鶴見博士の面影を追っていたのかと川村はおもった。

かがやく酸素のかたまり

朝湯へ通いだして二年になる。独り身になってぼろ家の小さな風呂につかるのは味気なく、せっかく湯の町に住んでいるのであるから温泉の恵みに浴さない手はないと思いついて小さな温泉銭湯へ出かけたのだが、明るい浴室は天井高く、タイル張りの浴槽にはかけ流しの湯があふれていて、おまけに天気晴朗富士山のペンキ絵も眺められて気が晴れてゆくのを覚え、憂いを忘れることができた。いろいろあって頭に詰まりかけていた鉛が、湯につかるうち少しずつ溶けていくのだ。地下の暗黒から湧きだす温泉には暗黒の力が潜んでいるらしい。二百二十円の投資で憂悶《ゆうもん》の病から逃れることができるのだからこの上ない。せせこましくて見るほどの物もない旧宿場のわが住む下諏訪の町は因循姑息《こそく》の風が濃く、そのうえ寒いみずうみの北岸に位置して寒気はなはだ厳しく、住み心地いいとはお世辞にもいえないのだが、山の水を引き込んでいる上水道の水がうまくて料金が安いのと、温泉財産区というのが営む銭湯の入浴料が安いのだけはありがたい。この取り柄がなかったら、家人が家を去ったときに町を出る決心ができたかもしれない。シネコンがあったりして少しは明るさのある隣の市か、いや文明から遠いはるか南の島か、それとも根無し草の民たちの漂流する低地の大都会……そう、ささやかなカルチャー暮らしができるかもしれない帝都へでも移り住もうかなどと思案するのだが、精神の跳躍力を欠いてこの町に逼塞《ひっそく》している。ながく地方新聞の編集をし、仕事が面白くてつっこみすぎたのと家人との葛藤に消耗して、手をつけられずにいる自分の仕事を、忘れた顔して無気力に日を送るくだらない年金暮らしである。二年前は、この分だと鬱の病へすすむかもしれんぞと自分で診断し、医者に診てもらおうかとおもったりして、あまり芳しくない状態だったが、生来楽天家の性分なのが幸いして危機に瀕するまでには至らなかった。そういう状態に陥ることはないであろうと妙な自信があるものの、人なみに憂悶の気分になるのは避けられない。よって温泉銭湯へ通う、という次第である。

ひところは睡眠障害がひどくなって、これにはへこたれた。ある日、夜明けを待って浴場へ出かけ熱い湯につかってみた。これがよかった。温泉の魔力のお蔭で半年もすると精神の惨痛《さんつう》はだいぶ薄らいだ。そうすると現金なもので低級文学の本なんぞが読めるようになってつい夜更かしし、すると朝寝坊して朝湯へ行くのが億劫《おっくう》になる日も出てくる。歩いて三分で湯へ行けるのに、九時を過ぎると朝湯へ出かける気にならないのである。で、気まぐれな朝湯客になってしまったのだが、そんなわたくしと違って皆勤の老人が一人いる。浴槽の脇に座りこんで手先の運動などやっている変わった人物である。五明成吉さんという。八十五歳ということだが顔色わるくなく、皮膚は齢相応にゆるんではいても贅肉のついていない体軀、とがった鼻と大きな目玉の持ち主で、性根の据わった職人の親方といった風貌である。わたくしは浴場が空《す》きになる八時ごろに湯へ行くことにしているのだが、浴室に必ず五明老人の姿があって、一人で手足を動かしている。わたくしよりすこし遅れてくるのが中華食堂の料理人をしているという四十代の男で、この時間帯はこの三人きりということが多い。これに元古美術商、小さな製糸工場の旦那だった老人、大手の光学メーカーに勤めた人、学習塾の講師らしき青年とか、隣村からスーパーカブ号にまたがって飛んでくるお百姓の老人といった人たちがときどき加わる。腕に入れ墨のある中年の男が顔を見せることもある。それでも入浴客は多くて四、五人程度である。そんな浴場で五明老人はマイペースで居座り運動をやっている。立ち上がって腕を振り回すようなことはないので他人の邪魔にはならない。

それとなく観察するに、五明老人の座位運動はオリジナルのもののようである。指の先を一つ一つていねいに揉《も》んでから合掌の形で指先を打ち合わせる。手を首の後ろへまわして首筋をつまみ、耳たぶを左右、上下にひっぱる。両掌で頬を上下させる。鏡に向かってベロを出し入れして百面相をする。踵《かかと》で床を打つ。腕をマラソンランナーのように前後に振る。そういうことを何回も繰り返す。そして両腕を頭上へ延ばして静かに左右へさげて両脇へつける。最後に両足を延ばして足の親指を立てる運動をゆっくりと三十回くらい繰り返す。この足の親指立て連続運動というのは真似してもうまくできない。五明老人は根気よく訓練してこの技を身につけたものと思われる。こういう運動をひととおりこなしてからシャワーの下へ寄って石鹸《せっけん》で体を洗い、シックの剃刀《かみそり》で髭《ひげ》を剃り、禿頭をきれいに剃り上げる。その間、湯には入らない。初めにゆっくり湯につかって体を温めてから座位運動をしているようだが、三十分以上も洗い場にいてからだが冷えないのかと感心させられる。それが厳寒期でも変わらないのである。いくら温泉浴場といっても天井の高い浴室は通気よく、冬場など長く座っていればからだが冷えてくる。わたくしなどは、からだと髪を洗い髭を剃ってから、五明さんを見習って若干の居座り運動をするようになって、冬だと五十分くらいの間に初めと中間と終いと三度湯につかるのに、五明さんは「中間」がない。この人はよほど身体のつくりがしっかりしているのだ、とわたくしは内心、舌を巻く。五明老人は終いの湯も五十を数えるほどつかるだけで長湯はしない。ただし、両腕をのばして浴槽の縁につかまり、海老のように背を丸めて湯につかる姿はいかにも年寄りくさい。姿勢がよくて足腰がしっかりしていて動作にいささかの不安もないこの老人に似つかわしくない仕種《しぐさ》である。思うに、浴室に一人きりで居ることの多い五明老人、老年者に多いという入浴事故を考えての心得からかもしれないとさとって「なるほど」と胸の裡で納得する。

このようにして毎朝、洗い場に座っている老人となると牢名主ならぬ湯名主的な存在になりやすい。事実、町内の山の手の歴史古い浴場には封建的了見の人間がいるという話を耳にするが、五明老人は自ずとにじむ男の威厳はあっても、本人は威を張るようなところはなく恬淡《てんたん》としていて、朝湯仲間から「ゴメイさん」「ゴメイさん」と呼びかけられ親しまれている。わたくしもいつの間にか親しく口をきくようになった。言葉をかけたのはわたくしの方からであった。「今朝は凍みましたね」と挨拶したのが始まりである。五明さんは自分の方から口を開くことはほとんどないが、話しかければ「やあ、ええ凍《し》みだわ」などと朗らかな声で答えを返してくれる。この地方で「山浦」とよばれる蓼科《たてしな》山麓の高地の村育ちとおぼしきはっきりした口調で、話は簡潔、要領を得ている。ほかの朝湯の常連から、五明さんは山の上の団地に住んで独り暮らしだと聞いて、わたくしはこの老人に一層の親しみをいだくようになった。五明さんが浴場運動に励むのはもちろん健康保持のためであろうけれど、それは、ずるずると寝込むようなことをして人様に迷惑かけてはならないという心組みとも受け止められ、わたくしは感ずるところがあるのだ。

終いの湯から上がった五明さんは、冷水につけて絞ったタオルを四つたたみにして坊主頭へ載せ、浴槽の縁へ腰を下ろしてしばらく休む。そしてタオルでゆっくりとからだの露をぬぐい、浴室に残る者に「ごゆっくり」とひと声のこして脱衣場へ出てゆく。それがだいたい九時ごろである。五明さんは、湯の近くの食品スーパー前のバス停を九時二十五分に発つ町内巡回バスに乗って山の上の団地へ帰ると話した。早朝のバスはないので七時に家を出て二キロの道を歩いて七時半には湯へやって来るのだという。この二キロの歩きと温泉につかること、そして浴場運動が五明さんの健康保持の秘訣なのだろうが、雪降りでもひどい凍みの朝でも毎日欠かさずやって来る根気の良さには驚かされる。根気、というより情熱なのかもしれない。情熱、意志？　わたくしはそういうものを失っていないか。

湯上がりに脱衣場でも五明さんと過ごすことがある。五明さんは石鹸と剃刀を入れた小袋から幅三センチ、長さ二十センチほどの布を取り出して両足の指の間をふき、紺色の平たい缶入りの「ニベア」クリームを顔と首、手ばかりでなく腰のあたりにも薄く塗ってから着衣にかかる。梅雨のころまで首に色あせた絹のスカーフを巻く。お洒落というのでなくて首もとを冷やさない工夫、つまり風邪を引かない用心なのだろう。そして初夏の候でもYシャツの上に背広用のチョッキを着こみジャンパーを羽織る。ズボンもジャンパーもごく地味、というよりちょっとさえない身なりだが、紺と茶系の二種類の背広のチョッキを日を替えて着用するのを見ると、三つ揃いの背広を着こなしていた人なのだと想像される。最後に紺色のリュックサックを背にするが、そのリュックは尻のあたりまでずり下がっている。スーパーで買う食品などを入れるらしい。こうして五明ファッションが整うとクリーム色のキャップ(夏はパナマ帽型の麦わら帽)をアミダにかぶって「じゃあ」といってのれんを分けて出て行く。並んで浴場をでて、買い物へ向かう五明さんを見送ったことがあるが、五明さんは背筋をしゃんと伸ばしさっさっと早足で歩いていった。とても八十五歳の人とは見えない足どりであった。

わたくしが浴室から上がろうとしたとき、番台の「みとしさん」が脱衣場へ出てきていて、支度を終えた五明さんへ何か小さなものを手渡すのを目にしたことがある。五明さんが浴場を去り、遅れてわたくしが脱衣場を出てサンダルを履きかけると、番台へ戻っていた「みとしさん」が「はい」とわたくしにも一つくれた。沖縄の黒糖飴だった。そして「五明さんはね、私がやってたお店のお顧客さまだったの」といった。

「え？　店って……」

「呑み屋よ。五明さん、きれいな酒呑みで評判いいよ。わたしの店ばかりじゃなくって、あちこちの店へ行ってたけれど、女には指一本さわらない男だって、どこのママもいってたよ」

「ほう」

「あの人、身障者の妹さんが亡くなるまでずっと面倒をみていたんだ。そのことで、奥さんが出ていってしまったんだよ。あれは奥さんがいけない」

「そう」

「いろいろあるのよ、人生は」

「みとしさん」は独り合点する風でそういう。ほんとうに人生はいろいろある。わたくしは単純に胸中納得する。「奥さんがいけない」というが、どういう事情なのか「みとしさん」はそれ以上話さない。わたくしも聞かない。人生いろいろなのだ。

「みとしさん」は四人いる番台の交代勤務員の一人である。七十歳くらいらしいが、ほそ身ほそ面でほそい目に愛嬌がある。ぴょんぴょんと跳ねる若向きの髪型の髪を真っ黒に染めて番台に座っているのを見ると、こちらの頬がゆるむ。おきゃんな娘がそのまま老女になったという感じなのだ。あけすけなもの言いは不快ではない。どういう身の上の人なのか。わたくしが昔かよった諏訪市の温泉銭湯には、もと芸者さんだったという老女が番台にいた。いつも和服で、白粉焼けなのか、褐色の顔にぎょろりとした目を光らせて煙管《きせる》できざみ煙草を吸っていた。もうこの世に居ない人であろう。飴玉のことがあってから「みとしさん」は時々わたくしに黒糖飴を一つくれる。もちろん五明さんにもあげていることだろう。その黒糖飴を口へほうりこんで浴室へ入ってゆくと、五明老人が例の運動をしている。

「今日はこれから岡谷病院へ注射を打ちに行く」

五明さんが頭を剃り終えてからいった。めずらしく五明さんの方から話しだしたのだ。

「え、どこかお悪いのですか」

「膀胱《ぼうこう》がんさ。五年前から」

「手術を受けられたのですか」

「トシだで手術はできなんだ。み月に一度、注射を打つ。み月分の薬もくれるからそいつを毎日飲んでる」

「制がん剤ですか」

「なんだか知らん。注射はここへする。ほんの少しの注射だよ」

五明さんはそういって指で下腹部を示した。ヘソの下三センチぐらいのところの皮膚の一点がわずかにザラついている。五年間、年四回の注射の跡なのだ。制がん剤でがんを抑えられるのだろうか。こちらの方が不安になる。

「このトシだで、がんは進まないんだろう」

五明さんは平然としてそういい「注射代八千円、薬代もみ月分で八千円払う。一部は後で返ってくるがね」とつけ足した。

「血尿とか痛みとかあったのですか」

「なんにも無かった。町の血液検査で徴しが出て、病院へいけといわれた」

「早く発見できてよかったですね」

「がんが骨へ入らなければいいようだ」

五明さんはことも無げにいう。湿っぽいことを口にしたことがなくて、いつもからりとしている。

脱衣場で下着をつけ、木の腰かけに腰を落として団扇《うちわ》を使っている五明さんと、酒場の話になったことがある。「五明さんは夜の街でモテモテだったそうですね」と水を向けると、五明さんはその手には乗らずに「よく呑みに行ったなあ。あっちの店、こっちの店と呑み歩いたものさ。町に工場が大小ごちゃごちゃあったころ、呑み屋もいっぺえあって、どこもけっこう盛ってた」と呑む話しかしない。酒場で賑やかに呑むのが好きらしい。工業全盛のい時代に夜の街を存分に楽しんだ口ぶりである。わたくしも高校の同級生に夜の街へ引っ張り出された時期があって四、五軒のスナックを知っているが、行けば必ずその店の決まった席に座っている男とか、ハシゴして来て晩《おそ》い時刻に現れる老人といった夜の街の常連がいた。その代表格でスナックの客たちからムラさん、ダイさんと呼ばれていた二人の老人の名を挙げてみると五明さんは「ムラさは呑み友達だった。ダイさはわしよりひと回りも年上なんだが、酒を呑めんのに赤い灯青い灯を見なけりゃ眠れんという人だった。女を連れて来て、カラオケを歌わせていたな」という。ダイさんは戦前、若年のころから「カフエー」に入りびたったという夜の街の名士だと聞いている。「カフエー」は、大正から昭和にかけて、この地方で使われた呼称という。地主の家に生まれ農地解放で没落したのに、一度も働いたことが無いと噂される不思議な人物だった。わたくしはこの老人が語るカフエーのこと、製糸の町のあれこれといった昔ばなしに耳を傾けたものである。

そんな男たちを見かけたころは、まだ夜の街に活気があったが、工場の中国流出がいわれるようになって町内の工場は急に減り、町はみるみるさびれた。住む人がなくなって幾つかの古アパートが廃屋になっている。古家、商店、小工場がとり壊されてあちこちに空き地が目立つ。商店街はシャッター通りになり果てた。店が歯抜けになった呑み屋横丁は、寒夜など道に人っ子一人みえない。「つまらねえ町になっちまった」と五明さんはいう。

「もう街へ呑みに下ることはないですか」

「いや、たまに〝都〟で呑む」

「え、〝都〟ですか」

わたくしの住いの近くにある酒場である。「都」と名は粋だけれども飲食店街の北の外れ、古ぼけた家の家先を居酒屋にした小さな店である。看板は黒ずみ、表戸も汚れ傾いているが、もうずいぶん前から変わらぬ構えのままで、夕方になれば看板に薄い灯が点っている。わたくしも同級生に連れられてこの店へ入ったことがある。四、五人が並べる程度のカウンターと、フロアに小ぶりのテーブルがひとつあるだけ。くたびれたソファに座ると腰が沈み過ぎて落ちつかなかった。店の内装も野暮ったい上にだいぶ古びている。ところがママが女盛り、いかにも健康そうな素人っぽい美人なのが意外だった。蛍光灯の明かりもさえない店内には、家内工業のおやじさんといった客たちの姿があった。そういった常連客を大事に扱って生き残っている店なのだろうが、店の内外装にまるで無頓着らしいのは健康美人ママのイメージと落差がある。このママがわたくしの行く銭湯を使っていて、浴場脇の小路で出合うことがある。いつ見ても「ズボン」という感じの黒のスラックスに白いブラウスといった調子の、かまわぬ身なりなのだが、その湯上がりのすっぴん美人ぶりには目を見張ってしまう。それでも四十代半ばの年回りのようだけれど、化粧なしの頬あかく、もぎたてりんごの感じなのだ。顔の輪郭線がまるくきれい。すっきりした眼差しで石鹸など入れた洗面器をかかえている。こちらが挨拶すると明るい瞳で「おはようございます」と気取りのない挨拶を返してくれる。いささかの媚《こび》もないさっぱりした態度だ。このママが独り身で子を育てていると聞いた。こんな健康美女が……と不思議な気がしたものである。この人も人生なんとかなのだろう。

わたくしは下戸だが、五明老人と一夕すごしたい気になった。それをいうと五明さんは「それもいいな」と応じてくれて、それでは木曜日の夕六時に「都」で、ということになった。五明さんは「みとしさを呼ぶ。あれはカラオケが好きだから」という。「いいでしょう」わたくしは応じた。

約束の六時少し前に「都」の表戸をガタピシさせて入った。客はまだなくてカウンターの向こうで仕込みをしていたらしい健康美人ママが「五明さんから電話がありました」という。

ママは薄っすらと化粧していて、赤い色が少し見えるブラウスを着ているが華やかというのでもない。昼間みかける地味なママが、一応は夜向きにちょっと改まってと見える程度の装いである。「朝湯で五明さんと知り合いになりました」というとママは「五明さんと話す声が女湯に聞こえてきます。あなただったんですね」と答えた。そこへ五明老人がぬっと現れた。タクシーで来たらしいが、朝湯帰りのときと変わらない服装である。五明さんは「みとしさが、風邪気味だで行けないと電話よこした」という。

五明さんはカウンターのとまり木に腰を下ろした。わたくしが並ぶと五明さんは「わしは焼酎だが、あんたは」という。「同じのを」と答えるとママがボトルキープの棚から「いいちこ」の瓶を取り出した。五明さんは「下町のナポレオン」とラベルに謳っている焼酎をこの店に置いてあるのだ。ママは手早くカウンターの上へグラスを並べてお湯割りをこしらえた。付け出しはきゅうりの粕あえ。五明さんは「ビール」と小声でオーダーし、ママのグラスへビールを注いでその瓶をママの前へ置いた。粋なものである。わたくしはお湯割りをちょっと口にしただけでグラスを置いた。

「あまり呑めんようだね」

「ゆっくりいきます」

わたくしは答えた。呑めない相手では五明さんは興ざめだろう。それでは申し訳ない。もともとアルコールを受け付けない体質だった。新聞社時代に修行して少しは呑めるようになったが、すぐに顔が赤くなる。五明老人に機嫌よく呑んでもらう夕にしなくてはいけない。

「五明さんは朝湯の皆勤賞ものですね」

五明老人の温泉好きは格別といっていい。二キロも離れた山の上の団地から「皆勤」するというのは稀有なことだと思うのだ。その情熱の源は何なのだろう。

「そうさな、六十年皆勤だ」

「え、六十年ですか」

「そう、六十年」

「勤め人だったと聞いてますが、当時も朝湯を？」

「会社勤めのときは昼休みに湯へとんできた」

「昼休みにですか」

「勤めが湖北工業だったからな」

「ああ、湖北工業ですか……」

湖北工業は戦後、もと製糸家の一族が製糸工場の跡地で始めた精密機械のメーカーと聞いている。今は山の手へ移っているが、かつては銭湯から三百メートルほどの所にあった。それなら昼休みにとんで来れる。

「ずっと湖北工業に勤められたのですか」

「いや、最初は諏訪市の疎開工場に就職した。工場に温泉の浴場があった。俺は終戦の年に二十歳で、その年から働きだしたんだ。そこでプレス機を習って岡谷市の増沢工業へ移った。勤め帰りにこの湯に入ったが、夜になると湯が疲れていたし、岡谷市の丸山横町で呑んで来ると、湯がお終いになってたこともあったな」

「増沢工業といえば、製糸機械のメーカーじゃないですか」

「よく知ってるな」

「新聞社時代に取材したことがあります」

「そうかね。あそこはだんだん景気が悪くなって、昭和三十一年だったか三十二年だったか、六人の仲間と湖北工業へ移った」

「湖北工業の社長さんは物理学校出の技術屋さんでしたね。戦時中、中島飛行機にいたと聞きました。湖北工業はたしか自動車部品を造ってましたね」

「そう。日産の自動車部品が主力だったが、日産の多摩式繰糸機の部品も造っていて、俺はそっちの方だった」

「え、繰糸機ですか」

ここで製糸の話が出てくるとは思わなかった。わたくしは製糸業というものに興味をひかれ、わたくしなりのノンフィクション物を書いてみたいと考えていた。しかし、製糸業は調べれば調べるほど奥が深く、半端な知識でいい加減なものを書いてはいけないと自戒した。製糸業は投機的な要素を抱えたむずかしい事業である。この苦業を丸ごと書き切るにはおおきなエネルギーが要る。それができずに過ごしてきた。つまるところ意志薄弱と怠慢の結果なのだが、家庭のことでも重く心身疲労し、へこたれてしまっている。地方に埋もれた歌びととか画《え》かきの小伝もまとめたかった。閉じられた小さな町を支配したいかがわしい権力者と、これに抗《あらが》った非力の畸人《きじん》のからみ合いは滑稽小説になりそうだった。書きたいことは山ほどあったのに成すことなく今にいたっている。宙づりになっている心地である。五明老人から製糸の話が出て昔の関心が蘇《よみがえ》ってくる。

「多摩式といえば自動繰糸機ですよね。自動繰糸機は、定粒式から定繊度式に進化して完成したと聞いてますが、五明さんのころは定粒式ですか」

「わしのころはそんなことはいわなんだ。ただ自動機といってた。繭が釜の湯の中をこうくるくる回って、糸がすっと集緒器《しゅうちょき》へ上がっていくいい機械だった」

ああ集緒器！　工女哀史の映画を見たとき、いささか疑問に思うことがあって、まだ座繰《ざそう》機を使っていた小さな国用製糸工場へ通って取材したことがある。集緒器は、幾本ものほそい繭糸を合わせて、ケンネルとかいう縒《よ》り掛け装置へ吸い上げてゆく最初の関門、繰糸のポイントとなる器具である。ベテランの老工女さんたちは手作業で、湯の中の繭からほぐれる糸をこの集緒器へ通し、他の糸を添わせるようにして糸を取っていた。まさに神業だった。それを添緒《てんちょ》というと聞いたが、一定の範囲のデニールにおさめ、しかもフシなどがなく光沢のいい糸をとるのは骨の折れる作業である。品質管理の厳格な輸出製糸に働いたまだ年若い工女さんたちは、きびしい労働条件に耐えて、この根気のいる仕事をしていたのである。哀史などという哀れっぽい文章では、真に工女さんたちの労苦に報いることにならないし、彼女たちの仕事を讃えることにもならない。製糸業はいろいろな点で重荷を負っていた。そのうえ糸価が相場で翻弄される。ゆえに多くの製糸家が倒産の憂き目にあった。「生死業」といわれた製糸業に心血をそそいだ製糸家たちの苦心も正当に評価されているとはいえない。工女さんたちはその「生死業」を底辺で支えていた。それだけに彼女たちの姿はいっそう尊い。自動繰糸機の登場は工女さんたちをきつい労働から解放し、製糸業の生産性を飛躍的に高めたのだが、皮肉なことにシルク産業はそのころには化学繊維に押されて衰退していった。五明さんが身につけた技術力を発揮していたころが、その時代に当たっていたといえるだろう。

五明さんはお湯割りをお代わりした。五明さんはもっぱら呑むタイプのようである。わたくしは夕食を店で摂るつもりでいた。品書きを眺めれば「定食」もある。「定食、できますか」と問うとママは「五目チャーハンですが、いいですか」というので注文した。五明さんは「夕飯は済ましてきた」といい、生ハムサラダをオーダーした。

「五明さんはすごい物を造っていたんですね」

「図面どおりに造ってただけさ。東京の日産の工場へも行ったし、製糸工場へ自動繰糸機の組み立てにも行ったわね」

「組み立てですか。どこの工場です」

「埼玉の昭栄製糸なんかさ」

「機械は何セット入れたのですか」

「二〇条繰りの機械を一列に十台並べ、向かい合わせて十台、合計四百緒だった。でかい煮繭機、再繰機も付いてる。工場へ泊まりこんで組み立てた」

ママが五明さんの前へサラダの皿を差し出した。

「埼玉のほかには?」

「福島なんかへも行ったな。あとはよく覚えていない。しょっちゅう出張暮らしだった」

「組み立ては何人でやるんです」

「湖北工業から三人行った。日産からは六人ぐらい来ていた」

「幾日もかかるんでしょう」

「部品が何百種類もあるし、試運転して調整して引き渡すから日数がかかる。そうさ、どのくらいかかったかな。みんな忘れちまった」

自動繰糸機の組み立てに派遣されたのは優秀な技術者だったからに違いないが、五明老人はそんなことを誇るでもなく「忘れちまった」というのである。こういう人たちがこの国の産業発展を支えたのだ。

「出張には一升瓶を抱えて汽車へ乗って、呑みしな（ながら）ゆくわけだ。仕事おえれば酒盛り。愉快だったな」

五明さんはお湯割りのグラスをゆっくり傾けた。わたくしも呑む。

「そうだ、思いだした。日産は繰糸機の技術を豊田へ売って、織り機も造りだしたんだ。水滴を噴射して横糸を圧しだす技術を開発して、その部品を湖北工業が造った。織り機は韓国と中国へ毎月何百台と輸出したので忙しかった。残業が多くて稼げて、呑めた。休日前の晩は、残業終えれば会社の寮で麻雀やって、秋には旅行があって、会社に活気があった。いい時代だったな」

五明さんは「山浦」の高地人特有のかん高い声で話す。今宵はめずらしく多弁である。麻雀といえば、五明さんと銭湯を並んで出るとき、五明さんが番台の老女の顔をみて「この田沢さんは、麻雀が強いんだ」といったことがある。いかにも地味なおばあさんという印象の田沢さんが麻雀の強者とは意外だった。どういう履歴の人なのか想像もできない。渋《しぶ》味をおびた顔の田沢さんは丸い目におだやかな笑みを浮かべ、顔の前で手を振り「そんなことはないですよ」といった。五明老人はとにかく遊びの人脈が広い。

「お待ちどおさまでした」

ママが五目チャーハンの皿をわたくしの前へ置いた。さらりとした出来あがりの炒飯である。さっそくスプーンをとり上げた。具は刻んだチャーシューに椎茸《しいたけ》、ネギ、ピーマンに山菜のワラビが入っている。スープにもネギと山菜のコゴミの緑が見えて新鮮だ。味も上等。山菜はママが摘んできたものだろうか。余所のスナックで常連客が、山菜やきのこを山ほどママにプレゼントするのを見かけたことがある。この山菜も客から健康美人ママへのみつぎ物かもしれない。そんなことはどうでもいい。「これは旨いチャーハンだ」とこころからいうと健康美人ママはにっこり微笑んだ。

「五明さんはカラオケもやるんでしょう。一曲聞かせてくださいませんか」

話題を変えて五明老人の横顔をながめた。

「わしは唄わん。あんた唄ったら」

五明老人はそっけない。

「わたしも同じです」

「みとしさの歌を聞くつもりだったんだが、またにしよう」

「みとしさんは社交ダンスも上手なんだってね」

ママがいった。店の体裁に無頓着なママは言葉にも飾りがない。

「まアまアだな」と五明さん。

「五明さんはダンスの名人だそうですよ」

「えっ、ダンスの？」

ママの言葉が意外すぎて、わたくしはお湯割りにむせた。武骨な五明老人がダンスの名人とは。今宵はサプライズが多すぎる。

「名人じゃないが、かなりやった」

「いつの話です」

「最近までやってたわね。厚生年金の協会にダンスのグループがあるし、シニアクラブでもやってる」

「キャリア、長いんですか」

「終戦直後に諏訪市で習った。アメリカ帰りの、美容師の夫妻が教えててな、関ホールのパーティーには何百人も集まったもんさ。岡谷の、市民新聞のダンスホールも盛ってたな」

「わたしもタンゴの曲が好きで、ＣＤで聴いてます」

鬱っぽかったころコンチネンタルタンゴ「碧空《あおぞら》」なんかを聞いて過ごした。鬱にはタンゴがいい。

「タンゴはむずかしい。俺は、女を抱いて踊るよりジルバやルンバなんかの方が好きだな」

「マンボも？」

「踊れる」

五明老人、なかなかのものなのだ。

わたくしを夜の街へ引っぱり出した同級生Wが、馴染みのスナックで巨乳のママをフロアへ誘ってジルバを踊ってみせたことが思い出された。ママは六十代と見受けられたが、大都会の洗練を身につけた、田舎町にはめずらしい女人だった。それも夜の街の、上のランクの店のママをした人かもしれないと思わせるような落ち着きと貫禄があった。寿司屋をちょっと改装しただけの、だだっ広い変わったスナックだった。ママは、流行おくれながら上等なドレスを普段着のようにして田舎町に溶けこんでいた。そんな店では客は多くなかった。彼女は、諏訪市でほんの数人の土木会社をやっている人の奥方ということだった。そのママを相手に、Wが青山だかのディスコのことを話すうち、ジルバの曲をリクエストして、ママをフロアへ誘ったのだった。

フロアへ下りたママは、Wの差し出す手の下で二回、三回とゆっくり体をまわしてカウンターへ戻ったが、二人の動きはさりげなくて、野暮天のわたくしは胸中「ほう」と唸《うな》ったものである。

Wは K大経済を出て、東京で会社づとめをしていたが、呼び戻されて家業の製菓会社を継いだ。工場の一角に英語塾を開いた。これが繁盛して、特急集団の評判をとっていたが、わたくしは、さえないスナックに遊ぶWの鬱屈を思ってみたことである。彼は、貫禄ママと話すことで、東京時代を思い出そうとしていたのかもしれない。

Wは学生結婚した妻君に先立たれ、娘夫婦の近くで老後を送ることにしたといって、家業をたたんで東京へ去った。諏訪市から移り住んだわたくしが、たましいの脱け殻になってこの町に沈潜している。この町に住み飽き、厭《いと》う思いがあるのに行動できないでいるのは何故だろう。わたくしは根っからの流民である。幾度も住所を変えてきて、自分の中に、もっと違う土地に住んでみたいという、おかしな願望があるらしいと気づいたことがあった。少年のころ、超現実派の画かきたちが描いた都市の住人になってみたりした。画集のページを繰るとたち現れる白昼夢の都会にまぎれこんでしまう。ありえない形のエメラルド・グリーンと黄土色の乾いた建物の並ぶ舗道にくっきりと長い影をひいて歩いてゆく人物のいる街角とか、後ろ姿の人物たちの遠ざかってゆくY字路の街角に立っていたりした。海辺もいい。奇矯な演技者のくせしてこころ弱いダリが、彼の庇護者にして情人の女人と過ごした小屋の窓から眺めたポルト・リガトの海岸線の絵が目に焼きついていた。俺は南の島に渡るかもしれないとおもって、南西諸島の地図を虫眼鏡で眺め暮らしたこともあった。この町にやって来たとき、なんて陰惨な町だろうと失望し、この町を早く出なければいけないとおもいつづけた。

ある年の元朝、雑煮の膳を前にして「今年こそは諏訪市へ引っ越そう」と提案したことがある。かつて住んだ湖岸の風光が忘れられなくて、そこへもどりたいと前夜から思案した末の発議であったのだけれども「なにを寝ぼけたことをいってるの」と家人から一蹴されて転居の夢は頓挫した。家人はわたくしを「夢追いびと」だといってけいべつしていた。わたくしは夢なくしてなんぞ人生とおもうのだけれども、リアリストの家人はそんなわたくしをいつまでも大人になれない幼稚な人間だと嗤《わら》った。そういわれればそのとおりだとわたくしもおもい、納得した。わたしたちは平林たい子の比喩に倣っていうなら靴の左右を履きちがえたようなひと組だった。いっとき共に暮らしたのは互いの錯覚からだったのだとおもう。家人はわたくしを好まず、家人を好む異性が現れて家人は去った。(不謹慎なことをいうようだが)わたくしは解放されたのにこの町から抜け出せずにいる。少しばかりの疲労にまいってこころざしを忘れ、堕落していないか。なにかわけのわからぬものに縛られている。精神が衰弱している。五明老人は大いに稼ぎ、大いに遊んで今は朝湯へ皆勤し、膀胱がんを抱えながら何の憂いも見せずに健康美人ママを相手に下町のナポレオンを呑んでいる。俺は何をしたいと思っているのか、とわたくしは思う。

ママがビールをひと口呑み、五明さんとわたくしのグラスへ「ナポレオン」をつぎ足した。暗かった店の灯りが明るさを増して、ママの健康度を一段と浮き立たせているように見えた。

翌朝、わたくしは銭湯へ行くのが少し遅れたが、五明老人はいつものとおり浴場運動をしていた。浴槽に、久しぶりに元古美術商の羽鳥さんの顔があった。「日本国も衰退の一途になって、わたしの商売は細る一方だし、八十歳になったのをしお（機会）に鑑札を返しました」と朗らかにいっていた羽鳥さんである。「風邪で寝てましたが、もうすっかりよくなりまして」と明るい声で話した。羽鳥さんはスクーターで転んで足の骨を折ってから腰痛が現れたという、湯口近くで腰を温めるので長湯をする。先に湯から上がった五明老人とわたくしが、脱衣場の扇風機の風に当たりながらバスタオルを使っていると、わたくしたちを追うように脱衣場へ上がってきた羽鳥さんが、赤く染まって湯気のたつ顔の、達磨大師のようなまん丸い目をむいて「温泉はいいねえ。わたしはこれだけでいい。何もいらんし、旅をしたいとも思いません」とわたくしたちの目を覗きこみ、同意を求めるようにして大きな声でいった。羽鳥さんの目には歓喜があった。五明老人はくもりない高音で「ああ、いい湯だ」と相槌《あいづち》をうった。二人の言葉はかがやく酸素のかたまりになってどっとわたくしに降りそそいだ。あたりは億万のひかりに満ちていた。気持ちがすうっとひらけて行く。ここは無限大！

この小さな銭湯とともに生きて行ける、とわたくしはおもった。

水色のバス

川村一郎は、八十三歳という工女さんの、糸取りの手さばきに目をこらした。陶製の鍋の熱湯に浮くたくさんの繭の表面を、「ミゴ」とよばれる手箒《ほうき》でさすって糸口をだし、それをすぐって取り出した幾筋もの、目に見えないほど細い繭糸を「集緒器《しゅうちょ》」というボタンのような器具の小穴へ通す仕事である。集緒器から立ちあがる繭糸は、縒《よ》り掛け装置で抱合されて一条の生糸になり、工女さんの頭の後ろで回転する糸枠に巻き取られていく。ひと粒の繭の糸が終わると、工女さんはすかさず新しい繭の糸を、人さし指ですっと投げつけるようにして集緒器の下へ寄せる。これを「添緒《てんちょ》」という、と解説員が教えてくれるのだが、どういう具合に新しい繭糸が集緒器へ吸い上げられていくのか、目をこらしても見てとれない。この「添緒」の技量に個人差があって、それが能率と、生糸の品質の差になって現れるという。糸取りは単純な仕事のように見えて奥の深い技術らしい。そんな作業を、老工女さんはいとも易々と絶え間なく繰り返している。生糸は用途によって太さが違い、例えば着物用の二四デニールの生糸だと、八〜九粒の繭の糸を合わせるのだという。工女さんはデニールをそろえた糸を取らなくてはいけないが、これがなかなかむつかしい。フシや糸むらがあってもいけない。それに、高価な繭を無駄にしないよう、歩留《ぶど》まりよく糸を取ることも求められる。それを「糸歩」という、と解説員は話した。糸格で糸価がきまり、規格はずれは買いたたかれて、製糸会社の経営を危うくする、という話もあった。川村は、そんな解説員の説明に耳を傾けた。むかし、工女さんたちは、集中力のいる手仕事を、根気よくやりぬいた技能者なのだと、川村は知ることできたような気がした。目の前で、平らかな顔で坦々《たんたん》と糸を取っている老工女さんの姿が、今は亡き母親と重なった。母も、おだやかな顔を曇らせたことなどなくて糸取りにはげみ、川村を高校へ通わせてくれた。

川村の母親がやっていたのは「出し釜」と呼ばれる内職だった。糸屋が貸してくれる踏み取りの繰糸器と釜を、戸口や物置に据えて国用糸を取る仕事である。製糸王国の諏訪でひろく普及し、昭和四十年代まで盛んにおこなわれた。川村は、疲れの色など見せずに糸取りをしていた母親が、ずいぶん神経を使う仕事をしていたのだと知って、改めて母親の苦労を思った。岡谷市が蚕糸《さんし》博物館を一新し、市内に一社だけ残った宮坂製糸所の工場を館内へ招き入れて、昔ながらの糸取りの仕事を見学できるようにしたと報じられ、川村は、母親がやっていた糸取りというものを、もういちど見て確かめたくて、久しぶりに岡谷へやってきたのだった。宮坂製糸所は、最新の自動繰糸機も持つが、かつて製糸王国を築く基になった諏訪式操糸器や、さらに古い上州式の座繰り器でも繰業して、多様な糸を館内で生産している。

そこで老工女さんが熟練の技を見せてくれる。川村はじっくりと糸取りをみることができて、博物館と製糸所のとり組みに感謝の念を持った。川村は満足し、駅へ向かった。

岡谷は、川村が青年時代に働いた街である。それから半世紀近い年月が過ぎた。すこし前まで、あちこちに製糸の街の面影が残っていたが、それがいつのまにか薄れてしまった。製糸全盛時代には、夜になると、買い物や遊びに出る工女さんたちで埋まったという中央通りの商店街も、シャッター通りになりかけている。岡谷で働いた時代の川村は、路地裏や思わぬ所に残る、製糸の街の臭いを探して歩くのが好きだったが、もうそんなことはできそうにない。

岡谷駅前も閑散としていた。市が駅前再開発で建てた商業施設Lから、核店舗が撤退したのがひびいているらしい。上りの電車にはまだ間がある。川村は、かつて働いたことのあるローカル紙に、骨董《こっとう》市というのがLで開かれていると出ていたのを思い出し、Lへ足を向けた。県外資本の大型店に逃げられた後がどうなっているか、のぞいてみる気にもなったのだ。駅前広場の東側に白い壁が目立つ箱型の建屋である。装飾がすべてとり外された建物はよそよそしく、看板もない正面口に人の気配はない。今日はやっていないのかとガラスの扉まで行ってみると、自動ドアがすうっと開いた。意表をつかれ、二の足を踏む思いで店内へ立ち入ると、ガランとした広いフロアに、なにか商品らしき物を並べた小間が背中合わせにかかたまっているのが見わたせた。まばらに人が寄っている。これが骨董市というものかと、川村は多少の興味をおぼえて、一間幅ほどの小間をながめ歩いた。古道具類から焼き物、古着まで雑多な物を並べてあって、素人が描きなぐったとしか思えない油絵まで交じっている。古物なら何でも骨董品として流通するのかと、川村は新しい発見をした気分になった。出歩くことの少ない暮らしをしてきて、世間を知らない自分に気づく思いにもなる。

小間に座っている骨董商の多くは老人で、一様に目立たない身なりだ。人間そのものが骨董品のような男がいて、その男の小間に置かれた蓄音機のラッパを眺めて隣の小間へ目をやった川村は、低い椅子に腰を落として客を見あげている、ぱっちりした眼《まなこ》の女と目が合ってたじろいだ。五十代後半と見受けられるが、青いアイシャドーをひいていて、それがいかにもきつい目つきなのだ。青っぽいサマーセーターを着た胸のふくらみが小さくて細身である。隣にいるのが亭主らしい。こちらは六十代らしいが、チェック柄のしゃれたシャツにうす紅いカーディガンを羽織っていて、厚い髪が紫がかって見える。ゴルフのクラブでもふり回していそうな男で、この骨董市では浮き上がって見える伊達《だて》男とその女房といった組み合わせである。ぱっちり眼の女のうしろには、九谷とかいうのだろうか、ちょっと上等そうな茶碗を並べてある。川村は、高級茶碗ときつすぎる眼の女を敬遠してその小間の前をとおりすぎた。

古いカメラを置いている小間があった。若いころ、山の花を撮ろうとして中級の一眼レフ

「ニコマート」のボディーに、接写用の五〇ミリF3・5の「マイクロニッコール」レンズをつけて使っていた川村は、ついカメラに目を留めてしまうのだが、「ニコマート」の古物は見当たらない。あのカメラは、長男が高校の修学旅行にゆくとき持たせてやった。口数のすくない長男が、帰宅して「京都の寺で、写真を撮っていた人から、そのカメラを譲らないかと声をかけられた」とぽつりと言ったことが思いだされる。長男はマイクロニッコールを標準レンズに使って、読売新聞の高校生写真コンクールに入賞したことがあった。その子は北海道の道東に住んで、魚類の研究員をしている。あのカメラをまだ使っていてくれるだろうか。あっという間にデジタルカメラの時代になって、優れもののレンズを装着したカメラも、遺物になってしまっているのではないか。時の流れが速すぎる。

そろそろ駅へ戻ろうと思い、出口に近い小間の前を通りかかった川村は、平台の上に置かれている、細長いベルトのついた、くたびれた革の小型バッグに目を引かれて足をとめた。大きなガマ口のような形、開口部に留め金の縁がついている。むかし、バスの車掌が頸《くび》から前に提げて、切符や金銭の出し入れに使っていた専用のバッグである。「ほう……」川村はつぶやいてバッグに見入った。名取幸代の姿が頭に浮かんだ。痩せて小柄な娘だった。紺サージの制服に白いブラウス、まずしげなパーマの髪に制帽のベレーをのせ、車掌バッグを前に提げて、色あせた車体のバスに立っていた……。

と、横からすっと手がのびて、車掌バッグをひっ攫《さら》うようにしてつかむと「組合長、これ、いただきます」と店主に声をかけた男がいた。〈こいつ、失礼な〉川村は舌打ちする思いで男を見た。相手は先ほど見かけたばかりの、ぱっちり眼の女の亭主とおぼしき伊達男である。男は縞柄のズボンの尻ポケットからとり出した、洋物らしい、金色の留め金が目立つ赤革のウォレットから千円札を一枚ぬき出し、五百円硬貨を足して「これでよろしいですか」と店主へさし出した。組合長と呼ばれた、いがぐり頭の老人は「うむ」とうなずいて代金をうけ取り、無造作に古鞄へおしこんだ。伊達男は「わたし、若いころ、バス会社で労務の仕事をしておりました。車掌バッグはなつかしいですう」とへつらう口調で言った。小間の主は「そうかい」とニベもない。ずんぐりむっくりの体つき、着古した薄手のジャンパーを着た、さえない老人である。こういう人物が骨董市を差配しているのであるかと、川村は老人を見なおした。一方で、伊達男の傍若無人のふるまいがいまいましく、なんの関係もない人間に、不愉快な思いをさせられる小さな不条理が喉につかえた。

駅口へ戻って川村は、駅前広場の向こうへ目をやった。かつては、名取幸代が勤めていた諏訪自動車の本社が、広場の向こう正面にあった。その建物の前から山手へカーブしてゆく、あまり広くない市道の両側に、呉服店や履物店、本屋、小間物店、肉屋といった商家が隙間なく立ち並んでいたのが思いだされた。高さをそろえたような木造二階建ての、くすんだ建物群だった。製糸の時代の名残をとどめる風景だったが、すっかり様子がかわって、古い建物は一つも残っていない。のっぽのマンションとビジネスホテルが目だつぐらいで、これといった店は見あたらない。大型店時代になって、駅前の立地でも、並の商店ではやっていかれなくなっているのだろう。

川村の記憶にある諏訪自動車株式会社の本社は、二階建ての洋館である。重そうな両開きのガラス戸をもつ正面玄関の、三角屋根の小ぶりの庇《ひさし》を支えて立つ二本の石柱など、アメリカ風の建物だったが、うす紫がかった憂鬱な灰色の壁は、沈鬱な商店街と親和していて、屋根の、山高帽のような突起に嵌《はま》っていたマルにSの字の金メッキの社章も錆《さ》びかけていた。その社屋の前にあった軒の低いバスの待合所は、堅固な赤煉瓦《れんが》づくりに趣《おもむ》きがあって、製糸の時代の空気が、ほの暗い室内に淀んでいるように思えたものだ。そのことを思いかえすと、待合所のベンチに腰をおろして、大きな目を見ひらいていた、表情のない娘の顔がありありと思いだされる。四十年以上も前の記憶である。記憶というやつは妙な仕組みになっているらしいと川村は思ってみる。

諏訪の人間は、諏訪自動車のバスを「マルS」とよんで親しんだ。バスのボディーにもマルにSの字のマークが入っていた。そのマルSバスは水色の車体だった。明るいブルーではなくて、墨色をふくんだ濃い水色だった。沈んだブルーといっていいか、寒いみずうみの国らしい色合いのバスであった。真夏の乾いた日など、湖ぞいの、まだ砂利道だった国道二〇号を、砂塵《さじん》を巻きあげて走る水色のボンネットバスは、すこしばかり疲れてみえた。「ニッサンセントラル」とか「ふそう」とかの使い古したクルマを大事に手入れして使っているようだった。その中にアメリカから中古で輸入したものか、ダッジブラザーズ社の一台が交じっていたことを川村は覚えている。これもだいぶくたびれた感じだった。

その諏訪自動車が松本電鉄に買収され「諏訪自動車」の社名だけは残ったものの、水色のバスは廃されて、個性のないクリーム色の松電バスと同じ車体に変わり、マルにSの字のマークも消えたときは、諏訪の人間はみんながっかりし、川村などは憎たらしい思いで味気ない色のバスをにらんだものだが、後にその松電が、かの小佐野賢治《おさのけんじ》氏率いる国際興業系の金融資本の傘下に入ったと聞いたときは、小魚《ざかな》が大魚にのみ込まれる資本社会というものの影が、自分にも覆いかぶさってくるように思えたものだった。これはそんなに古い話ではない気がするのだが、もう三十何年もの時が流れていることに気づいて、川村は時代にとり残されつつある思いにつき当たる。

名取幸代が乗務していたのは、小魚の時代の、水色のマルSバスである。そのころ川村は、諏訪市西郊の湖岸にあった日本木工株式会社の、工場隣の社宅に住んでいた。日本木工はゴム・樹脂の代替品として、木材で鉄道用・軍用の電池の隔離板を量産する、木工会社としては異色の軍需工場だった。社宅といっても軒の低い、トタン屋根の、ひっかしいだボロ家だった。名取幸代は、近所の長屋に母親と二人で暮らしていた。父親は兵隊に取られて南方で戦死し、母親は上諏訪温泉・片倉館ちかくの老舗旅館の下働きをしているということであった。小柄で腰の低い、愛想のいい小母さんだった。その幸代の母親と川村の母が、岡谷の製糸所で糸取り仲間だったことから親しくしていて、川村は幸代とは顔なじみだった。といっても、とくべつ親しいというわけでもなくて、ときどき顔が合って言葉を交わすていどの間柄だった。日本木工は温泉井を持ち、工場の隅に板で囲っただけの簡易な浴場を設けてあって、川村の母が、名取さん母娘《おやこ》をその浴場に入れてあげていた。夫が日本木工の職長をしていたので、そんなことができたのだった。

川村よりふたつ年上の幸代は、中学をおえて諏訪自動車に就職した。川村が幸代のことをつよく記憶しているのは、中学三年の夏の宵のことである。粗末な社宅の裏の小さな空地を母親が畠にしていて、低い軒に南瓜《かぼちゃ》の棚をかけてあった。その棚でウマオイが毎晩いい声を聞かせた。「スイーッチョン」と透明な鳴き声が聞こえだすと、川村はあわてて下駄をつっかけて庭先へ出て、ウマオイを探したものである。その夜も、わずかな風にもばさばさと揺れる、おおきな南瓜の葉の上に一匹のウマオイを見つけて見入った。南瓜棚のむこうにまるい月がかがやいていた。その月を背に、透きとおるような青緑色のウマオイが、長いヒゲをふるわせていた。顔を寄せてもそろりと動くだけで逃げようとしない、はかなげでふしぎな妖精は、いつまで見ていてもあきなかった。

「一郎さん」

声をかけられてふり向くと幸代が立っていた。白い浴衣を着て洗面器をかかえていた。風呂へやってきて一郎を見かけ、声をかけてくれたのだった。幸代がそれまで見たことのない浴衣姿なのが新鮮だった。頰のふくらみのない顔に鼻筋がとおっているので、顎《あご》が余計にちいさく見える幸代が、月のひかりをあびてほほえんでいた。

「スイッチョンね」

「ああ」

「受験勉強、しなくていいの？」

「そんなの、いいさ」

「だって、S高校、受けるんでしょう？」

「大丈夫、受かるから」

「S高校へ行って、大学へ行くの？」

「東京で働いて、夜間部へ通うつもりさ」

「苦労するのね。東京で就職できるの？」

「わからない」

「就職難だから大変よ。商業科か工業高校じゃいけないの？」

実はそのことが大問題だった。川村はわけあって母と二人暮らしで育った。川村が小学三年のときに母が今の夫と所帯をもって、川村は義父との暮らしになったのだが、義父は川村に話しかけたことがなくて、父子の会話のない、かわった家庭だった。川村が中学三年になって進学を望むと、義父はいい顔をしなかった。特種な軍需工場だった日本木工の経営が傾き、給料の遅配が起きていたのだった。進学するなら実業学校か工業高校にしろという義父の意向が、母から伝えられた。川村は、実父がS高校の前身の旧制中学校に学んだと聞いていたし、漠然とではあったが、本をつくるような仕事をしたいと考えていたので、普通科のS高校へいかせてくれと母にたのんだ。母は「糸を取って出してあげる。そのかわり、大学へはやれないからね」と念を押すように言った。「それでいいよ」川村は答えた。義父はいっそう不機嫌になった。川村は「高校まで」の母との約束を守り、大学へは独力でゆく腹を固めていたのだが、幸代は川村の家の事情を知っていて、川村に職業科のことを口にしたのに違いなかった。

「おれ、工作は苦手だし、ソロバンも駄目だもんで」

川村はそんなふうに答えた。

「そう。東京へ行っちゃうんだね」

幸代はそういって、しげしげと一郎の顔を眺めた。幸代の目に月のひかりがさして、きれいに光っていた。いつも青白い顔の幸代が、浴衣を着て元気が出たようだった。川村はそのときの幸代の姿を妙にはっきりとおぼえている。浴衣姿の幸代がいつになくわかわかしく、なんとなく女っぽく感じられたこともある。貧相でよわよわしい幸代が、別人のように見えたのだった。あの日、なにかいいことがあったのかもしれないが、影のうすい幸代にも、あんなふうに生き生きとした日もあったんだと、その夜のことを思い出すことがこれまでにもあった。そんなとき川村は、幸代さんはおれの前途を心配して、それとなく助言してくれたのだと思ってみたことである。

川村はS高校へ進学して国道を歩いて通った。二キロほどの道のりで、マルSバスが向こうからやってくると、幸代さんが乗務していないかと目を向けたものである。朝夕のバスはけっこう混んでいて、ちらりと幸代らしい姿が窓ごしに見えることがあった。

川村は高校では新聞部に加わり、校友会誌編集の一員にもなった。といっても一年生なので、クラブの活動記録の整理を担当するぐらいのことだったが、冬休みに入る前の日、校友会誌の原稿を岡谷の印刷会社へとどける役目をいいつかり、上諏訪駅前発のマルSバスに乗ると幸代が乗務していた。幸代はおや、という目をしたが、川村は勤務中の幸代に声をかけるのをはばかり、頭を下げただけでステップを上がった。車内は空席が目だったが、川村は一番奥のベンチ席に腰をおろした。目はおのずと幸代へ行った。頸から車掌バッグをさげた幸代は、気をひきしめた乗務員の顔になっていた。発車前に、前席の乗客から順に、行き先を聞いて乗車賃の額を告げ、料金を受け取り、切符にハサミを入れて渡しては後席の方へ移動して来たが、川村の目をみて小さくうなずくと切符を切らずに引き返していった。乗車賃を取らないつもりなのかと、川村は不安になった。幸代は小柄のうえに痩せていて、紺無地のスカートの下に見えるほっそりした脚は、中学の女の子のようだった。バスは定刻に発車した。幸代はバス停が近づくたびに「次は××です」とバス停の名を乗客に知らせ、新しい客が乗り込むとすぐに行って切符を切った。

舗装されていない道でバスは揺れる。国道なので道路工夫が常時はたらいていて、ツルハシで路面の凹凸をならすのだが、少ない工夫では補修が追いつかなくて、バスはがたがたと音をたてた。幸代はほそい脚を踏ん張って車体の動揺に耐えながら、切符を切っていた。終点の岡谷駅前につき、一番あとから降りた川村が硬貨を差し出すと、幸代は首を左右に振った。川村はとまどったが、幸代はなにもいわずにうなずく仕種をする。早く降りてと目でいっているようなので、川村は仕方なく頭だけ下げてバスを降りた。幸代は「ありがとうございます」と声をだしてドアを閉め、バスは動きだした。幸代は運転手からなにか声をかけられたらしく、そちらの方へ上半身を傾けていた。その幸代を乗せたバスは転回場の方へゆっくりと向かっていった。川村はそれを見送りながら、結果として無賃乗車することになった罪悪感が胸に広がり、幸代さんにわるいことをしてしまったという思いが残った。

年が明けて一郎は母から、名取さん母娘が片倉館ちかくへ越していったと知らされた。母親が働く旅館のそばだというし、幸代にも、上諏訪駅にちかい住まいの方が都合いいのだろうと思われた。母は、引っ越しを手伝ってあげたが、荷車で三回運ぶだけですんだと話した。川村は、幸代としばらく顔を合わせていなかった。幸代がなにもつげずに転居して行ったことを物たりなく思ったが、高校生の日々を過ごすうち、名取さん母娘のことはいつの間にか頭から遠のいていった。

そして翌年の秋、名取さん母娘が、急に甲州へ越して行ったという話が耳に入った、と母が言った。母は、名取さんから何の連絡もなかったと言い「どうしたのかねぇ。名取さんは甲州の出だったから、お里へ帰ったのかねぇ」と首をかしげるばかりだった。その後も名取さんからの音信はなかった。ふしぎな、そしてさみしい話だった。

川村は結局、進学できなかった。日本木工が倒産し、川村は両親を背負う覚悟をし、上京を断念したのだった。W大政経へ進学した二級上の新聞部の先輩が、親戚先の、東京の小さな食品会社に働き口を世話してくれてあったのを断り、岡谷市に本社のあるローカル紙の編集員募集の広告を見て応募すると即採用になった。幸運であった。

そのころ川村は、からだがガリガリに痩せて、蕁麻疹《じんましん》が頻発していた。医者に診てもらうと、特に問題ない、様子を見ましょうという診たてで、蕁麻疹はカルシウム注射でしのいだ。それを隠して就職したので、やっていけるか不安だったが、高校で校友会誌と新聞の編集をしたのが生きて、難なく編集部の仕事をこなすことができた。ひと月後には下諏訪町版、辰野町版の編集を任され、これがけっこう面白くていい気分で仕事をし、一年もすると、以前のからだに戻すことができた。そして隣の高等洋裁学院へ勉強に来ていた佐久のFさんと知り合った。編集局長Nさんの姪ということで、学院が休みの日に新聞社の編集室に顔を出すFさんと口をきくようになったのだった。洋裁を学んでいるにしては地味な装いだが、佐久の野の風を感じさせるような娘だった。編集デスクの向こう側にきて座る彼女と短く言葉をかわした。送られてくる原稿の誤字と文章を直し、さっと見出しをつけて工場へ渡し、紙面づくりをし、校正もする忙しい仕事だが、彼女の存在は少しも邪魔にならなかった。むしろ、長居することなくいつの間にか消えてしまうのを物足りなく思ったものである。そうして過ごすうち、Nさんから、Fと結婚を前提に交際する気はないかと聞かれた。そういわれて川村は愕然《がくぜん》とし、同時に、はげしい羞恥を感じた。Fさんの家は農業だが、近くの湯治場で旅館を経営していると聞いていた。川村は、義父の許で育ったことに引け目があって、Fさんのような家柄の人と結婚することなど考えてみることもなかった。財産家らしいFさんの両親を、ボロ家の社宅へ迎えて両親と会ってもらうことを思ってみると顔に火がついた。そんな下らない、未熟な人間だった。Nさんには「まだ勉強しなくてはいけないので」と答えた。それは半ば本音だった。

後になってFさんは、川村にとって忘れられない存在になった。Fさんへの思いを封印してしまったのだ。川村は自分の生き方の不徹底と向き合い、なんて下劣な人間だと思ってきた。

川村は下諏訪支社の主任記者に転出し、下諏訪の町で発行されていた「湖国新聞」と出会った。タブロイド版四頁の小新聞ながら、魅力的な地域紙だった。大正デモクラシーの時代の創刊で、すこし前まで「民声新聞」の名で親しまれ、町の有力者たちの出資する株式会社になって、紙名を変えたのだそうだが、下諏訪の町――当時、下諏訪は人口二万八千、県下最大の町だった――では圧倒的な数の読者を持っていて、旧長地《おさち》村など岡谷方面にも読者があった。

文化欄に特色があった。短歌、俳句、俚謡《りよう》の選者には、この地の代表的な作者が名をつらねていた。「アララギ派発祥の地の一つである諏訪は、アララギ派の歌人が多い。もと製糸家で町議をしている人とか、小工場主といった人たちが湖国歌壇の投稿者になっていた。

湖国新聞の専務に座っていたもと製糸家の老人は、河東碧梧桐《かわひがしへきごとう》とつき合いのあった自由律俳人だった。その仲間で、棟方志功《むなかたしこう》の版画を包装紙にしていることで知られた和菓子舗の店主や、町の収入役といった老練から、若い世代の自由律俳句も載って、にぎやかだった。もと新聞記者の、糸の町時代の回想記にも人気があった。

そして何よりも、編集長のYが傑物《けつぶつ》だった。海坊主のような頭をした大男、いつもよれよれの黒ズボンに垢じみたYシャツといったきたならしい身なりだったが、戦時中、下諏訪の生家へ疎開していた『明日香』の歌人今井邦子《くにこ》に頼られ、やはり疎開していた「ムーラン・ルージュ新宿座」の座付作者阿木翁助《おうすけ》の青年演劇運動を応援した人だと川村は聞いていた。新聞社の二階にはYをしたう人たちが集まり、自由闊達《かったつ》な雰囲気があった。シルクの町の文化的伝統を守っている地域紙といえた。そして、精密工業の町として転生した下諏訪の町にはヤシカ、三協精機が進出してきて、高度経済成長期の熱気があった。

そのころ川村は、諏訪市に本社のある広域地域紙の編集局長Iさんから「ウチへ来ないか」と誘われていた。Iさんは、下諏訪支局長から本社へ戻ったばかりだった。横浜出身のIさんは尊敬できる新聞人だったが、川村はこれをことわった。Yさんに、湖国新聞で働きたいと申し出てあったのだった。それほど湖国新聞は川村には興味ある新聞だった。そのころ川村は小説をかいていて、小新聞で、拘束されずに、自由に小説をかきたいという下心もあった。

川村のねがいは受け容れられ、入社してほぼ二年後、Y編集長は奥さんの実家のある伊那市へ転居することになって、川村が後釜に座った。そこで川村は思うがままの新聞づくりをした。街ダネを重視し、「ニューヨク（入浴）タイムズ」欄をつくって、湯の町のあれこれを拾って話題を提供した。小中学生の親たちが、学校ニュースに敏感なのをみて、記者たちに、深掘りした記事を書くよう求め、川村自身も、県下第二位の大校で多彩な先生が集まっていた小学校へ、毎日のように通って、個性的な先生たちの話をかくと、母親たちの口コミによるものか、読者が目立って増えた。

文化欄でも、武井武雄の弟子で在京の童画家中村千尋が、稿料はいらんといって執筆してくれて、連載の絵入りエッセーが人気を集めた。富部《とんべ》の里にかくれ住んでいた民俗誌の名文章家今井久雄さんを口説いて「村の歳時記」としてかいてもらうと、これも好評で長期連載となった。大正の村方の暮らしを伝えるこの記録を、川村は小出版社を興して全四巻の本にした。第一巻は、米国議会書館から注文が舞いこんだのを手始めに、ニュージーランド国立図書館、ニューヨーク図書館からも注文が来て、名著と謳われている。もちろん国内でも、いくつかの大学図書館から注文があった。民俗学の学者が推薦してくれているらしい。川村は、この書物を出版できただけで、生きた意味があったとおもっている。

ともあれ、愉快な小新聞社暮らしだったが、家庭生活で挫折した。新聞社の事務を取っていた女性の、不幸な育ちに同情して家庭を持ったのだったが、それがつまずきになった。川村は出自に引け目があって、いい家の女性と一緒になる気がなかった。というより、自分の育ちに合う長屋育ちのような女性と気楽に暮らしたいと考えた。その意味では理想的な出合いだったが、それがうまくいくとは限らないのが人生というものだ。川村の両親が相次いで亡くなってから二人の男児を授かったのに、夫婦のくい違いが次第にひろがった。

給料はそっくり妻に渡して家計はまかせ、川村は執筆に没頭した。夜おそくまで書きつづけることがおおかった。たいした物を書いたわけではないが、書きすすめるうち、ひとつの物があらわれてくることは何事にも代えがたいよろこびだったが、妻は「そんなことしていて何になるの」とけいべつの目をむけた。妻のいうとおりだった。四十六歳のとき、風邪をこじらせ肋膜炎《ろくまくえん》になって岡谷塩嶺《えんれい》病院の結核病棟で療養生活を送る身になり、新聞社を退くことになった。川村の仕事中心の生き方にぬかりがあった。不幸にして妻を攫《さら》う男が現れて、破局となった。

新聞社を辞めた川村は、小出版社、といっても一人きりの編集室だったが、句集、歌集、画集、自分史など百冊ちかい地方文献の出版を手掛ける仕事で暮らしを立てることができた。湖国新聞時代からの知人、友人たちの支えでやってこれた仕事だった。

長男は水産系の修士課程をおえて研究機関に入った。次男は大学をおえて地元の食品会社に就職し、製造部門の管理と営業を兼ねた仕事をしているが、食品の品質管理はたいへんなことらしく、諏訪に家庭を持っても帰宅は深夜に及ぶことが多い様子である。近年のビジネスは競争がはげしく、心身をすり減らす労働らしい。牧歌的な小新聞社生活を送れたことはしあわせなことであったと川村はおもう。

川村は物を書く独り暮らしを楽しめる老後となった。近年、本を自費出版する人はめっきり減ったが、それでもときどき川村を頼ってくる人があって、彼は半ばボランティアでその仕事を引き受けている。やることがあるのは救いだが、満ちたりないものが胸の奥にある。

岡谷から帰宅した川村は、中学校の同年会で顔を合わせたA女の再婚相手が、諏訪自動車労組の執行委員長をつとめた人だと聞いたことを思いだした。ちょっと迷ったがA女へ電話を入れて、ご主人さまに、名取幸代さんの消息をご存じか聞いてもらいたいと頼んだ。A女は、川村がそんな古い話を持ち出したことに興味をしめしたが、川村は率直に、少年時代、近所に住んで親しくした人だと告げ、どうしておられるか知りたくなったのでと話した。A女は、主人が帰ったら聞いてみると約束してくれた。

四日してA女のご主人から電話があった。労組の委員長をしたというだけに、はじめの挨拶からしてこなれた話しぶりだった。そのご主人は、昔の仲間たちに尋ねてみたといい「なにしろ古い話なので、みんな記憶がおぼろです。名取幸代さんという名の人がいた覚《おぼ》えがある、という人はみつかりましたが、その人は、名取さんは、静岡の方へ行ったという話を聞いたけれど、はっきりしたことは知らない、ということでした。名取さんは、在職期間が短く、お友だちも少なかったようで、消息を知る人がないのです。お役にたたず申しわけありません」といった。川村は、A女のご主人の誠意ある対応に心からの礼をのべた。幸代さんは母親のお里のある甲州へ行ったと聞いていたのだが、ここで静岡という話も出た。ほんとうはどちらなのだろう。静岡へ行ったとするなら、どんな事情からだろう。あまり丈夫そうには見えなかった幸代さんはどうしているか。しあわせになってほしいと思っていたが、もう手がかりはつかめない。川村は頭をちいさく左右にふった。

四王湖岸

その年の師走は凍みが早く来た。前の月は例年より暖かく、暖冬になるかと思えたのだったが、十二月に入ったとたんに凍みはじめ、十五センチの大雪で明けた十八日は、最高気温が氷点下〇・四度と真冬日を記録し、翌朝は零下一一・一度の大凍みになった。前日の雪が早くも根雪になり、凍結した道はてらてらと光って歩くのに難儀した。近年にないことである。川村一夫は、このぶんだと年内にみずうみが氷るかもしれんとおもい、もう半世紀も前のことになる少年時代の諏訪湖をおもい浮かべた。気候が温暖化するなどとは想像もできない時代だった。冬がくればがちがちの寒気が、海抜七五九メートルの断層湖を囲む盆地をつつみ、暮れのうちに全面結氷することもめずらしくなかった。張った氷が、午後になって吹き出すことの多い、諏訪湖特有の強い西南風でくだけずに一日もてばもうしめたもの、湖氷は日ごとに厚さをまし、寒夜、盆地の空に轟音をとどろかせて御神渡《おみわた》りが走ると、これで湖上へ出ても大丈夫といわれて、氷を割って魚をとるヤツカ漁やキヨメ網漁なんかがはじまり、スケートも解禁になるのだが、うみ辺に住む悪童どもは待ちきれずに、三日氷に乗りだして——岸ちかくではあったが——下駄スケートの初滑りをやらかした。透明な油氷は水底が透けて見えて、滑っていくと氷がぐうんとしなり、さすがに怖かった。油氷はねばりけがあって割れはしなかったが、ずいぶん危ないことをしたものだ。

温暖化がいわれてもう何年になるだろう。このところずっと、結氷しても氷が厚くならず、湖上でスケートを楽しむことなど望めなくなった。御神渡りも申しわけ程度のものしかできないが、それでも諏訪の住人は、御神渡りの出現をこころ待ちにする。温泉銭湯に集まる人たちは、とびきり熱い湯につかり「今年は、御神渡りが見られるかもしれんな」などと、朝の挨拶がわりの話題にした。年金暮らしの川村もそのはなしに相槌をうつ。

その後、一度は気温がゆるんだが、冬至の日から寒さがもどり、例年の一月なみの凍みが連続した。空は高く青くすみ、盆地に寒気がみなぎった。二十四日夜は、雲ひとつない、研きあげたような蒼黒い空に月が凍りついて、しんしんと凍み透った。そんな夜空をながめて川村は「今夜は氷る」とみずうみのことをおもった。

川村は、諏訪湖北岸の、旧砥川《とがわ》の扇状地にひらけた下諏訪という小さな町の、みずうみから一・六キロほどはなれた町なかに住んでいるのだが、みずうみが意識から離れたことがない。というか、みずうみの風光が忘れられず、みずうみに囚われているといった方が正確だろう。なにかにつけ、みずうみを見にゆき、湖岸に佇《たたず》む。小学五年の秋から高校を終えるまでの少年期を湖水端の家ですごし、みずうみに染まって育った幸福な記憶に縛られているといったらいいか。

湖水端の家は、上諏訪の街の西のはずれ、歌よみの土田耕平《こうへい》の生まれた大和《おわ》という集落にあった。家の近くにウナギをとる流し針（はえなわ漁）を専門にする漁師が、鉄道線路沿いの黒いトタン屋根の小さな家に住んでいて、夕方になると、仕掛けを手繰り寄せた大きな平底の竹籠を頭に載せ、櫂《かい》を片手に握って、川村の住む木工会社の社宅の前の小道を舟渡《ふなと》（舟溜まり）へ下りていった。黒いたっつけ（野袴）をはいた、大柄の、アイヌの長老のような風貌の漁師だった。長谷川さんというその漁師は、風格のある丸太舟——諏訪湖では丸木舟をそう呼ぶ——を持っていた。丸太舟は諏訪湖に古代から伝わる刳《く》り舟だという。諏訪湖は天候が急変することがしばしばある。そんな時に襲う突風に遭っても「風まけしない」といわれた漁舟《りゅうせん》だと、川村は後になって知った。テンカラ（天然落葉松）の大木を二つ割りにし、刳《く》りぬいて舷側《げんそく》にするので、胴がふくらんだ形をしている。それに舳《へさき》と艫《とも》に反りがあって、「さんぱ舟」ともよばれる箱型の漁舟とは異なっていたが、おなじ丸太舟でも、原木の形と舟大工の腕によるものか、舟の姿はそれぞれに少しずつ違っていた。長谷川さんの丸太舟は、長い年月、風浪とたたかってきて、木目がざらついて見えるほどの年代物だったが、舷側の下ぶくれが大きく、底部の張った壺《つぼ》のような形をしていて、重みがあった。その長谷川さんの丸太舟を思い出すたびに川村は「あれは神品だったな」とおもう。

諏訪湖の丸太舟は、もしかしたら縄文の刳り舟の後裔《こうえい》かもしれない。

上諏訪駅前に百貨店を建てる基礎工事のとき、縄文土器と一緒に櫂《かい》が出土した。まわりの山からは縄文時代の土のおもり（土錘《どすい》）がたくさん採集されている。諏訪湖では石器時代から漁労が行われたのである。考古学の藤森栄一さんは「上総《かずさ》掘りで温泉井戸を掘る親方から、舟の底板と思われる物をぶち抜いたことがあると聞いた。みずうみの沖積地のどこかに、縄文の刳り舟が埋まっているに違いない」と話してくださった。北海道には、アイヌの人たちが使う古来の刳り舟が現存し、福井の三方五湖の博物館には、出土した刳り舟の断片が保存されているという。

諏訪湖に残った丸太舟は完全な丸木舟ではない。丸ごと刳り舟にできる大木が得られなくなって、舷側にだけ刳りぬき材を使い、さらに時代が下ると、舷の下部に刳りぬきをあて、その上に板材を足した「わのせ」がつくられた。長谷川さんの舟は「わのせ」の逸品であった。

長谷川さんの丸太舟が舫《もや》う舟渡は、杭を不規則に打ち込んで囲いにしただけの、つつましい一郭だった。そこには、細長い箱型の漁舟「さんぱ舟」も繋がれていた。線路上の集落の兼業農家の持ち舟で、あまり使われないその漁舟には、櫂を置き放しにしているのもあった。それを少年の川村は勝手に乗り出し、舳《へさき》の片側に座って漕ぐ櫂を使いこなし、艫《とも》に立って長手の櫂を操る「コジ櫂」も出来るようになったのだが、長谷川さんの丸太舟は、なにか尊いものにおもわれて、眺めるだけだった。

釣りも、まだ寒い春先のモロコ釣りから始めて、梅雨のころの鯉の夜釣りをやり、真夏は、大石を積み重ねた護岸の石間に寄ってくるエビ釣りに熱中した。竿は一メートルもあれば足りる。極小のエビ針にミミズを小さく切ってつけて湖水へ垂らせば、すぐさまウキがちょちょんと沈む。そうっと竿をあげると、愛嬌のある手長エビがてぐす（釣り糸）に両手を掛けてあがってくる。腹にいっぱい卵を抱いたスジエビも釣れた。エビはフライパンで炒ると真っ赤になる。塩をふりかけて食べたが香ばしい味だった。

土用丑の日に、ウナギの穴釣りを試してみた。みずうみへ突き出た家の石垣にとりついて、太ミミズを餌に通した特大のウナギ針を、四十センチほどの竹竿の先に掛けて、石組みのウロへ差し入れてまわるうち、ガッと咬《か》みつく手ごたえが竹竿から伝わった。竿を手もとへはずし、太い道糸を手繰ろうとすると、手ごわい抵抗があってなかなか引き出せない。やっとの思いで引きずり出すと、黒いウナギが腕に巻きついてきて悲鳴を上げてしまい、ちょうど鼻の先を通りかかった漁舟の漁師に笑われた。ウナギにからみつかれたまま、恐怖にかられて家まで走り帰ったのだが、途中で田の畔《あぜ》に足を取られて転び、膝頭にカマイタチが走った。その傷跡が今も残っている。丑の日に初めてやってみた穴釣りでウナギを獲ったのは僥倖《ぎょうこう》というものだった。

盛夏はナマズ釣りのシーズンでもあるが、川村はナマズだけは釣ることが出来なかった。義父は、かんかん照りの昼間に、護岸から長い竿をのばして辛抱づよく待ちつづけ、猫のようなナマズを釣りあげた。

シジミも、ほんのわずかではあったがとれた。大和と高木集落の境――つまり上諏訪と下諏訪の境界――は幅二メートルもない小川で、大和側はみずうみに水田が突き出ていたのに対し、東高木側は、大沢川先までの湖岸がゆるいカーブの入り江になっていて「かわら」のなぎさにつづく「すなま」にシジミが生き残っていたのだった。

その小さな入り江のなぎさに、ある夏の日の朝、大量のウナギの幼魚が、白い腹を見せて打ちあげられているのを見た。煤《すす》水にやられたのだった。すす水は諏訪湖特有の現象で、岡谷方面から強い西風が吹く日におきることがある。みずうみの上層の水が吹き流され、湖底にたまっている無酸素の水塊が浮上して起きるといわれる。気味わるいすす色をしていて、これに襲われると一帯の湖魚は死んでしまう。エビは苦しまぎれに岸へはねあがり、岸でエビを拾えたという話を聞いたことがある。ウナギの幼魚の大量死は無残な眺めだった。ウナギの稚魚を移入し、放流していた漁業組合には大きな打撃だったろう。ウナギ漁専門の長谷川さんの苦難がおもわれた。

ウナギは、天竜川に発電ダムができるまでは、海から遡上してきたという。ＮＨＫテレビで、料理研究家の江上トミさんが「諏訪湖の天然ウナギは、黄色い腹をしていて日本一おいしかった」とはなすのを視たことがある。発電ダムに魚道を造ることはできないものだろうか。むかしは、湯尻《じり》の湯も流れこむ街《まち》なかの小川の石垣でもウナギがとれたという話を川村は聞いていた。

「すなま」の先の「どろま」には大型のドブガイ、カラスガイや細長いイシガイがいた。冬、漁師の家の子がヨキ(小型の斧)で氷に三角形の穴をあけ、長柄のシジミ鋤簾《じょれん》で底泥を掻いて、長さが二十センチもあるドブガイやカラスガイを揚げて見せたものである。ドブガイやカラスガイは「泥貝」とよばれていて、下諏訪の知人の話だと、高浜湾へ泳ぎに行った子供たちは、湖水に「つんもぐって」泥貝とりをしたものだという。

「どろま」の泥は、粒子が細かくて密度が濃いのか、初めてそこに立ったときはぬるぬると足に吸いつく感じがして気味わるかった。その正体が、プランクトン珪藻《けいそう》類の遺骸の堆積によって——おそらく数万年かけて——つくられたものらしいと知ったのは、ずっと後のことだった。諏訪湖底の泥は、なにかといえばヘドロ(汚泥)と報道されるが、由来ある存在であることが知られていない。

エビ釣りは、上諏訪の街なかに住んだ小学三年の時から始めていた。当時の湖岸の大半が、大きな石を積みかさねた護岸だった。その護岸に、川村と同じ年ごろのガキどもが並んで、短い釣り竿を湖面へさし出していたものだ。近所に住む諏訪中学校の生徒で釣り名人のお兄さんについて、上諏訪の南隣、豊田村の水田地帯を流れる舟渡川《ふなと》や宮川まで押しかけてゆき、鮒釣りもした。舟渡川は寒鮒釣りの場で、みずうみを渡ってくる烈風が吹き抜け、やたらに寒かった。それに、寒鮒の流し釣りというのはポイント以外では釣れなくて、川村は一匹も釣ることが出来なかった。釣り名人のお兄さんは、自分のポイントを持っていて、そこへ正確にウキが流れるように釣り糸をなげた。数回に一度、そのポイントから、銀色にひらひらとはねる小鮒を釣りあげるお兄さんの腕前に感心した。

宮川へ行ったのは田植えが終わったころだった。陽ざし明るく、川ぞいに茅《かや》屋根の農家や欅《けやき》の木立のある水郷風景が心地よくて、ゆるく流れる川の、水深の深いところから大物の鮒を釣り上げるのは、とくべつの感触だった。

街はずれの島崎川で釣りをしたときは、小亀がかかって驚いた。針を外して川へ戻してやったが、その帰り道、街なかの化学工場裏の溝川《どぶがわ》へ、いたずら半分に釣糸を投げたところ、大きな口で底砂を吸って虫をあさるらしいカマツカがかかったのは奇妙なことだった。みずうみの街の不思議である。

湖水端の家へ移ってからは、泳ぎは家で水泳パンツをはいて出ればよかった。平泳ぎで毎日おもう存分泳ぎまわり、かなり沖まで出た。昭和二十年代なかばころで、岸側にはすでにアオコが十メートルぐらいの幅で帯状にひろがっていたが、それを乗りきって沖へ出れば、水はそれほどよごれていなかった。みずうみの水はあたたかく、からだに浸透して、みずうみに溶けこんでしまうような心地になれた。腕と脚の力を抜いてゆっくり泳ぎ、いくら泳いでも疲れなかった。頸が痛くなったら仰向けに浮き、脚だけゆるく上下させて、乾いた白い雲をながめていればいい。遠い陸上の物音はもうなにも聞こえてこなくて、音の消えた水の世界には陶酔と自由があった。

下諏訪の高浜湖岸にあった温泉プールまで、岸沿いに二キロほど泳いでいって岸からプールへ上がり、五〇メートル四コースのプールで練習する、四つの高校の水泳部の連中にまじって泳ぎ、また夕暮れのみずうみを泳いで帰ったこともある。途中の高木集落の湖岸の田んぼには、「塚づくり」のかりん（マルメロ）の木が並んで、枝の半分を湖面の上へのばし、うみ風に葉をそよがせているのも眺められた。マルメロはペルシア・トルキスタン地方の原産というが、江戸時代に諏訪へはいり、標高が高く大気乾燥し、みずうみのある諏訪の風土が適しているのか、古くから「かりん」と呼ばれてこの地の特産品になっていたのだが、貝殻虫の害によわい。塚づくりにすると害虫がつきにくく、ことに、湖面の上へ枝をのばす塚づくりは成績が良かったというのは、後年、小林茂樹先生からいただいた名著『諏訪の風土と生活』（私家版）で知った。下諏訪の町にお住いだった小林先生は、風土地理学を拓いた三沢勝衛《かつえ》に信頼され、助手をつとめた篤学の人である。小学校の先生を勤めあげ、いがぐり頭で通し、質素な身なりの方だった。高木の集落には、歌よみの島木赤彦が住んだと聞いていた。

大和集落の沖の湖底には「曾根遺跡」というのがある。そこだけ水深が浅いらしく、ヒシなのか、浮葉植物の群落が、平たい島のように横へ延びているのが岸から遠く見えて、遺跡の所在を示していた。曾根は九千年ほども前の、旧石器時代末ころの遺跡ということだが、そんな遺跡がなぜ湖底に眠っているのか謎とされていて、そこまで泳いで行ってみようとした。水草の茂みが目の前に見える所まで近づいたとき、いきなり全身の肌がチリチリする痛みに襲われた。何なのかわからずあわてたが、葉先に小さな棘《とげ》のある水藻が水中に繁茂しているいることがわかった。それはまことにひかえめな、やさしい刺し方で繊細な痛みだったが、全身を刺されてはたまらない。あわてて離脱した。「近よってはいけないよ」という警告におもえた。肌を刺したのはイバラモという水草だと後に知ったのだが、曾根遺跡のまわりは、沈水植物の森林になっているようだった。

日中は日差しが熱すぎるので、夜、泳ぎに出たことがある。星あかりをはねかえす、ゆるい浪間をぬって泳いだ。夜の泳ぎほど心地いいものはない。日中の太陽光で温められた湖水はなめらかで、抵抗感がなく、いくら泳いでも疲れを感じない。湖上は気味わるいほど静かだ。闇のなかで自分の腕が搔く水音しかきこえず、何ものにも拘束されない全き自由があった。泳いでゆくと、ひやりと冷たい水塊に出合うことがあって、湖水の中に水流があることを知った。かなり遠くまで泳いで行った。水の感触に酔い、我をわすれた時間が流れた。そうして、腕を前へじゅうぶん伸ばしてから水を搔く、ゆったりした泳ぎで、頭を上げ沈めしながら戻ると、岸に母が立っていた。それで夜の泳ぎはひかえることにした。

諏訪湖横断水泳大会にも中一と高一の二度出場して完泳した。高一のときは喉が渇いて、たまらなくなり、湖心のあたりで水をがぶがぶと飲んだ。そのころ、アオコが急に広がりだしていて、湖心の水にも薄緑の微小の粒がまじっていたが、飲んでも腹下しなどはしなかった。横断水泳大会はそれから数年して、水質汚濁のため中止になった。

冬はもちろんスケート。上諏訪の片倉館沖には幾つかのリンクが出来ていて、大和湖岸から眺めると黒い人垣ができていた。そこまで行かなくても滑れたのだが、大勢の人が集まっている片倉館沖へひき寄せられた。大和集落の先には、湖底から温泉の湧く「七ツ釜」とか「三ツ釜」とかいうのがあって、幾つもの釜穴が口を開けていて危険だったが、その先を迂回《うかい》して滑って行った。

御神渡りの裂け目をおそるおそる飛び越えて、対岸の湊《みなと》村沖まで遠征したこともある。さらに西へまわって天竜川への落ち口、釜口水門へ近づくと、水門の手前は大きく湖面が開いているのが見えた。そんな危ない所まで行ったのは好奇心に駆られたのだったが、それを思い出すたびにぞっとする。中学の同級生の一人はある冬、氷に落ちて亡くなっている。釜穴でもよく死者が出た。

泳ぎやスケートができない季節でも、雨でない限り必ずというほど、夕刻になると湖辺《うみべ》へ出たものだ。直径一メートルあまりのごろた石を積みあげた護岸につっ立って、時のたつのを忘れてみずうみと向き合っていた。ただそうしているだけでよかった。みずうみの色は日ごと異なる。季節と時刻と空模様をうつしてさまざまな色相を見せるのだが、それは光波だけの影響ではないらしい。夏は、プランクトンが殖えるせいかうすい黄緑色を呈して、ゆるくうねる波も重い。初秋の風のない日、うす絹のような雲の下で湖面が、白色を帯びたうすいブルーに染まってひろがっている眺めは、どこか知らない異国のみずうみを目にしている心持ちにさせた。晩秋の、憂鬱な寒い曇天の下で、鈍色《にびいろ》に閉ざされるみずうみはつまらないが、初夏の、快晴の日の、ひときわ晴朗な光の中で、みずうみが晴れやかな青藍色をたたえて波立ち動いている光景は、濃い油絵具を塗り重ねた海の絵を思わせるほどに鮮やかだった。

対岸の、守屋《もりや》山に連なる山塊にきざまれた幾筋もの力づよい尾根は、日の移ろいにつれて深い影をつくる。雨があがると山襞《やまひだ》からは霧が湧き立つ。西山と呼ばれるこの山なみは、冬至のころには、昼時を過ぎればもう日がかげって、麓は「半日村」になる。諏訪上社の神霊こもる山とされる守屋山は、重い雲がかかることが多く、鬱然とした影になってみずうみを圧する。波は風によってけわしい貌《かお》に変わり、風に千切れる雲は逃れるように東方へ東方へと飛び去ってゆく。少しの猶予もなくうつり変わる様を眺めつづけて飽きなかった。うみ風のなかに居るだけでよかった。うみ風がからだを吹きとおって、からだがみずうみの世界にとけこんでしまっているようだった。

夕闇が降りてくると蝙蝠《こうもり》たちが頭上に現れ、キーッとするどい鳴き声を発して飛びかった。小石をほうりあげると、それを追って急降下し反転する離れ技がおもしろかった。すっかり暗くなるまで湖辺に立っていた。この上なくしあわせだった。

中学生になっていた川村は、家では義父とまったく対話のない暮らしに息を詰めていた。義父と暮らしはじめた小学三年の時からずっと、義父から声をかけられたことのない、ふしぎな間柄だった。その義父は、彼の母をだいじにし、頼りにしているようだった。いつも気持ちが平らな母は、夫にさからったことがない。家の中は平穏だった。母親と二人だけで長く暮らした川村は、母を頼り、母のおだやかな言葉を耳にしているだけで安心していられた。彼も「いい子」だった。しかし、父子の間はたえず緊張していた。危うい三人家族だった。嵐の夜更け、唸《うな》る風音に急かされて湖辺《うみべ》へ出てみると、みずうみは闇の中でしぶきを飛ばす高波を立てて荒れくるっていた。見る者のない真夜中に狂乱し、叫喚しているみずうみは同志だった。

湖岸には古い氷庫が残っていた。むかし、みずうみの氷を大量に切り出して、おがくずを壁の間に詰めた氷庫に保蔵して、夏季、東都へ送り出したのだという。その氷庫を転用した木工会社の材木おき場にはイタチが棲みついていた。水辺の生き物を追っていたのだろうか。繁殖期の夜、ケンケンケンとけたたましい鳴き声をたて、伊那谷の東部を走る中央構造線の峡谷の村に育ち、木工会社の職長をしていた義父は「イタチだな」とつぶやいて、おそろしい捕獲の檻《おり》をつくり始めた。

愉快なこともあった。ある夏の夜、家で飼っていた黒猫「クロ」が、なんと、水のしたたるウナギをくわえてきて、畳の上へ放りだし、わたしたち家族に披露したのだ。ネズミをつかまえても、青大将をくわえてきても、そうしてみせる猫だった。この夜は、とくべつの稼ぎをしたつもりだったかもしれない。母は「まァ、たいへん！　長谷川さんちの生簀《いけす》からすくってきたんだね」とふき出し、いそいでウナギを笊《ざる》へ入れると、長谷川さんの家へ返しに行くといって家を出て行った。母のことだから、さんざんお詫びをいったことだろう。帰ってきた母は「キズ物は市場へ出せないというので、お金をはらって、いただいてきた」といって、光る目で母の動きを追っていたクロの頭をなでた。母は初めから買い取らしてもらうつもりで、財布を持って出かけたものとおもう。クロは、長谷川さんの家の裏庭へまわりこんで、線路ぎわにある生簀の縁にうずくまり、電光石火の早業でウナギに爪をかけたのだろう。生簀から引きあげられたウナギはあばれたに違いない。まばらだったとはいえクルマの往来する国道をつっ切って、獲物をくわえてくるのも大仕事だったことだろう。この事件があってから、長谷川さん方では、生簀に金網をかけたそうである。みずうみの思い出はつきない。

そんな少年期を持つ川村は、諏訪湖のことをいくらか知っているようにおもい、愛着している。みずうみを眺めに湖畔へ出るばかりでなくて、上諏訪、岡谷などへ電車で出かけるときも、車窓からみずうみの様子に目をこらす。最近は漁舟の影がめっきり少なくなって、湖上がまったく空っぽの日が多い。たくさんの漁舟が出て、魚の寄りつく岸寄りの漁場のあちこちで、投網をうつ漁師の姿が見られた日常だったのが嘘のようである。空っぽのみずうみは何か異様な感じがする。「追い打ち網」といって、岸で眺めている者の少し先へ、数艘の漁舟がすうっと集まって来たとおもうと、二列に並行して沖へ進みながら、後尾の舟から交互に順ぐりに投網をうつ、このみずうみ独特の漁法ももう見られない。対岸の湊村（当時）には小坂《おさか》、花岡という漁村集落があって、みずうみにつづく傾斜地に、網干し柱や小さな生簀をもつ、茅葺《かやぶ》きの漁師の家が点在する風景を見ることができたものだが、ここ二十年ぐらいの間に、他の郊外住宅地と変わらない眺めになっている。

十二月二十五日はきれいな青空になったが、寒気団につつまれていて気温があがらず、書き物にはげむ川村は足元の冷えに音をあげた。独り暮らしの川村は、古家の縁先にプレハブのサンルームをくっつけてそこを仕事場にしているのだが、ガラス張りなので冷える。石油ストーブと電気ストーブを二つ連《つら》ねてやっとしのげる寒さだった。午後三時に仕事をきり上げて家を出た。結氷したとおもえるみずうみを見ながら、上諏訪まで湖岸線を自転車で行こうと目論んだ。クロスバイクから替えたばかりの電動自転車で高浜——古老のはなしだと、昔は「高ママ」といったということだが——湖畔へ出ると、果たせるかな、みずうみ一面に薄氷がはっているのが見わたせた。なめらかな氷の平面は明るい日ざしを反射してきらきらとかがやき、みずうみは静まりかえっている。快晴の空は青く澄みわたり、風もない。よごれてしまった諏訪湖は、大凍みで氷が張ったときだけ無垢《むく》の姿にかえる。川村は満足し、自転車走行レーンを、右手にみずうみを眺めながらゆっくりとすすんだ。散歩もできるジョギングロードに人影はなかった。下諏訪の東端、高木下を過ぎて、大和湖岸にかかるあたりから、上諏訪側の湖面は開いていて、全面結氷には至っていないことがわかった。隣の車道にはクルマが切れ目なく流れていたが、温泉旅館地区まで来ても、湖岸に立つ人はとうとう一人も見かけなかった。みずうみが、ささやかな初氷でういういしく装っているのに、人びとはもう、みずうみのことなど忘れているかのようだった。

川村は飲食店街の小路をぬけ、旅館街の道を走って上諏訪駅前ビルのM画廊へ顔を出した。かつて諏訪の人たちに親しまれた丸光百貨店が閉店し、隣の駅前ビルに拠る商業者ががんばっていてくれたのだが、その駅前ビルも年末をもって閉鎖されることになって、M画廊は茅野市の駅前ビルへ移転することになっていた。川村にも挨拶状がとどけられたので、慰労と激励の意を伝えたくて訪れたのだった。実をいえば川村は、郷土出身の美術家のレリーフと油絵の小品を、この画廊に売ってもらい、さらに木版画とリトグラフを預けてある。ちょうど移転記念の特別頒布会というのをやっていて、川村が預けた木版画も目立つ位置に置かれていた。画廊主はさばさばした顔で迎えてくれた。茅野市は高原・温泉リゾートの蓼科をひかえていて活気がある。高原地帯の土地もひろく、将来性に富むようである。「別荘族もお客にできるだろうし、茅野へ画廊を移すのは正解だとおもうよ」と川村は店主をはげました。画廊主はまるい目を見ひらき、唇をすぼめて大きくうなずいた。同感をしめすこの店主の仕種である。共同経営者で絵をよく知るKさんも、眼鏡の奥の目に笑みを浮かべた。

川村の思いは、斜陽の上諏訪温泉の上にゆく。小さなみずうみが、埋め立てでさらに小さくなって、諏訪湖はみずうみの魅力を失った。少し前のことになるが、高遠のコヒガンザクラを見にいったとき、高遠駅（バス）の売店の中年の女性が「わたしは諏訪の生まれだけんど、あんなに小さくなった湖水なんか見たくない。もう諏訪へ行く気になれん」と話すのを聞いて胸を突かれた。夏の煙火大会だけは人気だけれども、諏訪湖を見にくる観光客など居なくなってきていることに気づかされたのだった。老人のデイケア施設で老女たちが「湖水が小さくなっちゃった」といい合っていたと、温泉銭湯の朝湯で知人から聞いたのは最近のことである。昔を知る人はみんな同じ嘆きを抱いているのだと川村はおもってみる。昔といっても、三十年ほどしか経っていないのだが、若い人たちは今の諏訪湖しか知らない。時代は変わっているのだ。

上諏訪温泉の背後に連なる霧ヶ峰も、ビーナスラインが開いてから、通りぬけの観光地になってしまった。かつてはハイキングの人たちであふれた強清水《こわしみず》のホテルと、山小屋の多くは廃業し、破れた屋根をさらしている旅館もある。亜高山帯の花の咲きみだれる山地草原をつぶしてできたドライブインの、だだっ広い駐車場には土ぼこりが舞っている。そうしたことも響いているのだろうか、上諏訪温泉は、国内で指折りの湯量を持つというのに元気がない。個性を失くしてしまったように見える。国の重要文化財になった片倉館のような魅力的な温泉浴場もあるのだが、あまり生かされていない。昭和初期に、片倉館ができてから、昭和の温泉リゾートとして開けたという湖畔の温泉旅館街が、ふたたび繁盛をとり戻すことはできるだろうか。M画廊がこの街を去るのはいかにもさみしい。

画廊を辞してふたたび湖岸線を走った。短い冬の陽は西に傾いていたが、くもりない空は明るく、みずうみも逆光の中ですがすがしく見わたせた。高木湖岸にかかると、下諏訪側に張っていた初氷は、弱い西風が起こす波で破られていた。渚にうち寄せられ、ひしめくようにうち重なった氷片が、西陽をうけてきれいにかがやき、うち寄せる波間にただよう薄い氷盤にも光が踊っていた。川村は解氷に失望はしなかった。昔もこうしたことをくり返して全面結氷に至るのだった。防寒衣で身を固めた川村は寒さを感じず、むしろ満ち足りてペダルをこいだ。電動自転車の走りは軽い。

この夜も凍みて川村は、二日つづきの結氷を期待した。翌日、仕事をかたづけて自転車にとび乗った。午後三時半をすぎていた。まっすぐ南下して、家からいちばん近い四王《しおう》湖岸へ出てみると、果たせるかな薄氷がみずうみを覆っていた。ここの湖面は漕艇場になっていて、沖に波除けの浮体堤が一直線に東へ延びている。その内側が一面の氷なのだが、目をこらしてながめると、浮体堤の外側はゆったりと波が動いていて、そのところどころに氷盤が浮かんでいるのが見えた。朝の結氷が、午後になって吹きだす風でくだかれたものらしかった。湖岸には川村をのぞいては人影がなく、森閑としていた。

川村は浮体堤にそって視線を東へうごかした。浮体堤は、砥川先（岬）の赤砂《あかすな》地区東岸から四王沖までの一千メートルの区間に設ける話だったはずだが、いつの間にかさらに東方の、昔は「高ママの剣先」と呼ばれたという岬の沖まで延長されている。この漕艇場で開かれるボート競技は、一千メートルの波除けで足りるのに、どういうことなのか。埋め立てで縮んだみずうみが、延長された浮体堤で延々と区切られて、さらに小さく見える。人工なぎさの砂の流失をふせぐための浮体堤の延長だと新聞は報じていた。いったんはコンクリートで固めた湖岸を、再自然化といって、人工なぎさを造る工事がおこなわれた。その砂の流失を防ぐというのだが、人工なぎさづくりは諏訪湖岸の全域で進められて、なぎさの先に大き目の自然石をごろごろと並べて砂の流出を防いでいる。アシやマコモを植えても波は防げる。高浜地区だけに大金かけて、波除けの浮体堤を造るというのはいかにも不自然な話で、だれが見たってボート場の拡張であるのは明らかなのに、妙な理くつをもち出したものである。漁業者から異議の出るのを抑えようとして、こじつけた理由づけとおもわれるが、子供だましのような、漁業者を馬鹿にした話で、みずうみへのつつしみが失われている。こういうやり方がまかり通るのが、古い宿場町で小さな閉鎖社会の下諏訪の町の政治風土である。

川村は「町と県はやりたい放題だな」と嘆息しているのだが、その鬱屈を口に出したことはない。語りあえる友を喪ったのだ。歯科医の故中根幹夫さんである。この浮体堤が造られる前に、コンクリートの人工島が築かれようとしたことがあって、川村は中根さんと二人で長野県に掛け合い、コンクリート島だけは取りやめてもらえたのだが、そのことで、町を支配している人たちからにらまれた。

人工島問題が起きる前に諏訪湖では、大規模な底泥しゅんせつと湖岸埋め立てで、みずうみの面積が一割方近くも小さくなるという、有史以来の出来ごとがあった。湖水が小さくなっただけでなくて、目にはみえないが、沿岸部の水中の様子が一変してしまっている。

諏訪湖は東浜・北浜に当たる上諏訪・下諏訪・岡谷側が遠浅で、「かわら」と呼ばれた岸辺の砂礫《されき》地につづく二十メートルほどが砂地、その先に軟泥の湖底がひろがっていて、それを漁師は「すなま」「どろま」と呼んだと、小林茂樹先生の労作『諏訪湖の漁具と漁労』（私家版）に見える。「すなま」で藻の生えるあたりを「しき」ともいい、その先の「どろま」の水深の浅い所は沈水植物の繁茂する一帯で、そこは「草なか」とか「やわらみ」とか呼ばれて「エビ押し漁」などの場だった。岸の「うろ」や「しき」「草なか」が魚の遊び場で産卵場所でもあったと、小林先生は図で示しておられる。そのだいじな水域が一気に埋め立てられ、浅瀬の無い、沈水植物などの水生植物の生えない、人工湖のようなみずうみになっているのである。

悲しき埋め立てだった。

諏訪湖は諏訪盆地の底辺にあって、家庭と工場の排水が流れこむため、戦後の経済の発展につれて、食品工業の廃水が加わり、湖水の富栄養化が過度にすすんだ。昭和四十年ころにはアオコが広く湖面を埋めるようになって、ユスリカも大発生した。ユスリカは人畜を刺す害虫とは違って、いかにもはかなげな羽虫なのだが、これが雲霞《うんか》の大群になる。みずうみの生物相の豊かさを物語る風物のひとつなのだが、人家やホテルにふりかかって壁や窓にはりつき、洗濯物を汚すので、住民にすればたまらない。水質浄化が叫ばれた。それでも漁業は盛んだった。水はあるていど栄養分に富んでいた方が、エサが豊富で、魚は殖えるもののようである。諏訪湖は、霞ヶ浦、北浦と並んで、富栄養湖の代表例とされていた。その諏訪湖で昭和四十三年秋、今度は重金属汚染騒ぎが起きて二重苦になった。

かつて製糸王国を誇り、たくさんの工場が煙突を立てた諏訪湖周辺は、戦後は精密工業に活路を見いだし、敗戦の疲弊から立ち直ろうと住民はみんな必死になって働いた。大小さまざまの工場が生産にはげみ、廃水はどこも垂れ流しだった。町なかのメッキ工場なんかが、廃液をどっと側溝へ流しいれるのが日常の風景だった。夏など、窓を開け放した工場で働く若い人たちの元気な声は、街の希望だった。そうして過ごすうちに、みずうみに工場廃水に含まれる重金属が沈んでゆき、微量ではあったが魚貝を汚染した。そして昭和四十三年の十月のある日、諏訪市で発行されていた夕刊紙「南信日日新聞」（現「長野日報」）が「諏訪湖のタニシから水銀検出／放置すれば人体に影響」と一面トップで報じて大騒ぎになった。アオコとユスリカの発生を抑えようと開かれた工場廃水対策会議で、信州大学の教官が、重金属汚染とも取り組む必要があると指摘したのだった。その教官の発言は、岡山大学のＫ教授が、諏訪湖のタニシの剝《む》き身を分析したところ、工場廃水が原因と思われる有機水銀・クロム・ニッケル・銅などを検出したと知らせてきた――というものだった。水俣のメチル水銀汚染についで、新潟阿賀野川のカドミウムによるイタイイタイ病騒ぎが起きた後だった。報道に住民はふるえあがった。夕刊紙はつづけて「魚にも重金属が蓄積か／シジミ汚染の可能性も」の大見出しを掲げて、岡山大の教授が、タニシからカドミウムも検出したと語ったと伝えた。以後連続して湖水の重金属汚染問題が新聞各紙で報道され、参議院の委員会審議でもとり上げられて、地域の不安は頂点に達した。

川村が中堅のメッキ工場に勤めている知人に聞いてみると、諏訪では水銀を使う工場は無いはずだ、との答えだった。「タニシから有機水銀」というのはどういうことなのか。その検証は行われなかった。直後の公的な検査で、諏訪湖の魚は食べても差し支えない、と発表があった。だが、新聞各紙の「重金属汚染」報道のショックは大きすぎた。風評で諏訪湖の魚が売れなくなり、自転車で湖魚を売る人気の行商人もいた街が暗くなった。まして漁業者には死活問題だった。国と県はすす早く動き出した。重金属と、リンや窒素の栄養分も溜まっている沿岸部の汚泥をしゅんせつしろということになって、昭和四十四年から大規模なしゅんせつ事業が始められ、沈水植物の生える大事な沿岸部が一気に埋め立てられた。

諏訪湖ではそれまでも、流入土砂を除去する小規模のしゅんせつがおこなわれていたが、それとはケタはずれの規模の、暴風のようなしゅんせつ・埋め立て事業が平成十四年までつづけられた。そして、流域下水道が全速でつくられたのだが、今になってみると、水質浄化は、工場廃水の規制と、下水道の整備で対処できたようにおもう。どうして過大なしゅんせつと埋め立てにつっ走ってしまったのか、悔やまれる。「重金属汚染」の恐怖に駆られ、アオコもなくせの大合唱になって「しゅんせつだ！」ということになったのだった。

明治二十八年の記録だと諏訪湖の湖岸線は十八キロメートル、面積は十四・五平方キロメートルあったが、今は湖岸線十六キロ、面積十三平方キロメートルに縮まってしまっている。

行政の側に、水草は水の汚濁のもとになるという偏見があって、水草が生えないよう、水深を一律二・五メートル以上にするしゅんせつが進められたのも不幸なことだった。「すなま」と沈水植物帯を失った諏訪湖は、もう古来の諏訪湖ではない。

「列島改造」の熱気にうながされて、土地を産み出すことに価値が置かれた時代でもあった。しゅんせつに乗じて、諏訪湖へ流入する最大の河川である六斗川《ろくと》の東岸近くには広大なヨットハーバー、運動広場と和風庭園までつくられた。そのあたりは特に過剰な埋め立ての感がつよい。

埋め立ては湖周全域に及んだ。そして湖岸をぐるり一周する自動車道と遊歩道が造られ、埋立地に四つの美術館が誕生し、ホテル、レストラン、マンションと、少しばかり高級感のある住宅の立ち並ぶ小奇麗な湖畔にはなったが、小さくなった諏訪湖は自然湖の風格と威厳を失った。ずいぶん近くに見えるようになった対岸に、夜分、オレンジ色の道路灯が明るくつらなっているのを眺めると、ダム湖の畔に立っているようで、みじめな気持ちになる。

流域下水道の終末処理場をつくるために「渋のエゴ」も失われた。このことに川村は痛切な思いを持っている。

「エゴ」は、河川の先に発達した水生植物帯をいう方言である。八ヶ岳山麓の高原から流れ下り旧湖南村《こなみ》、中洲村《なかす》、四賀村、そして豊田村《とよだ》の美田地帯を産んだ幾筋もの川が横ならびに諏訪湖へ流れこむ河口にひろがっていた、六斗川から新川《しん》に至る延長二キロに近い沼沢地帯の中核が「渋のエゴ」だった。抽水植物のアシとマコモなどの生い繁る岸辺の先に、ヒツジ草とかアサザなどという浮葉植物が水面を彩る水域がひろがり、その先には沈水植物が群落をつくっていて、一帯が魚の産卵場所、水鳥の生息地になっていた。中部地方最大の水生植物地帯といわれて、国の天然記念物に指定する話がすすんでいた。その「渋のエゴ」をつぶしたのは、諏訪湖が、自然湖でなくなるに等しい出来ごとだった。

川村は上諏訪の市内に住んでいた小学生時代に、陸側から「渋のエゴ」へ接近したことがある。いや「渋のエゴ」の呼び名を知ったのは後のことで、エゴの一部の「鴨池」をのぞきに行ったのだった。

「鴨池」のことは、釣り名人のお兄さんから聞いた。豊田村の文出《ふみで》集落を流れる川へフナを釣りに行ったとき、諏中《すちゅう》――当時はそう呼ばれていた――のお兄さんが「この先の方に、鴨池という、魚が湧くように殖える禁猟区がある」と話すのを聞いて、耳をそばだてた。「鴨池」の名が魅力的だった。神秘的な光景を思い浮かべてあこがれた。そして夏のある日、鴨池探検をやらかそうとした。

「鴨池」は豊かにひろがる水田地帯を雁行《がんこう》して流れる宮川、半ノ木川、鴨池川、武井田《たけいだ》川の先あたりにあると聞いた。田んぼに挟まれた県道をてくてく歩いて鴨池川――だったとおもう――にたどりつき、土手の細道をくだった。禁猟区には監視員がいると聞かされていた。小心な少年だった川村は、釣竿を川の土手へかくし、あたりに気をくばりながら、おそるおそる河口へ近づいて行ったが、行く先にアシが丈高く密生していて、そのアシ原の向こうに神秘な場所は隠されているようだった。

勇を鼓してアシ原へ足を踏みいれた。アシは密度濃く生えていて足元がおぼつかず、蛇でもいそうな感じがして気味わるかった。アシの原は少年の立ち入りを拒む壁だった。足先が少しジクジクし始めた所まで進んで前進をあきらめた。アシをかき分けて前方へ目をこらした。意地悪なアシの茎の間に、わずかに水面が見えた。それは入り江のほんの一部だったが、おそろしいほどにぶ厚く生い繁る岸のカトギ——香りのいいマコモを諏訪ではそう呼び、うら盆にはそれを刈って仏壇の敷物にする。みずうみの国らしい風習である——の群落の根元をたっぷりと満たした水面がゆるく揺れていて、水の厚さをおもわせた。あたりは静まりかえっていて、それはなにか「ものすごい」という感じのする眺めだった。なにかが水面から小さく跳びあがり水に消えたようだった。水音は聞こえなかった。水面の下に無数の魚がうごめいている感じがした。原生の自然は美しい世界ではない。いや、むしろ、対する者に恐怖を抱かせるものがある。もうそれで充分だった。それ以上のぞいている気持ちは失せて退いた。あこがれていた「鴨池」は想像とはちがう、縁とおい別世界だった。その「渋のエゴ」が失われた。

諏訪湖の重金属汚染騒ぎから大急ぎで流域下水道を造ることになったとき、その要《かなめ》となる終末処理場をどこに建設するかが問題になった。長野県はその候補地に渋のエゴと岡谷・下諏訪湖岸を検討し、渋のエゴにしぼったことが報じられた。これに対し地元の諏訪市豊田の小川《こがわ》・文出・有賀《あるが》三地区が絶対反対を決議して、計画変更を要求した。それは理のある主張だったのだが、諏訪市当局は消極的だった。下水道の一刻も早い建設を焦る県と国の意向に従う姿勢だったのである。世論も、豊田地区への建設に賛成するものが七割を超えていると県紙が報道し、地元三地区の反対運動は孤立無援の情勢になった。

渋のエゴが諏訪湖にとっていかに大事なものかということが知られていなかった。水質浄化のオピニオンリーダーとみられていた湖畔の実験所の学者も沈黙していた。

そんな中で信濃生物会が、渋のエゴの保護を求める陳情書を長野県へ提出したと新聞が伝えたが、あまり大きな扱いではなかった。信濃生物会は、おもに県下小中高校の先生たちの同好団体である。諏訪湖研究に長い積み上げのある諏訪教育会の先生たちが動いてくれたと川村は期待した。それに川村は、会長の山崎林治さんを知っていた。松本深志高校の生物教師だったという人で、ビーナスライン八島《やしま》線問題のさなかにお会いしたことがあったのだ。山崎さんは、いがぐり頭と温顔が印象深く、言葉づかいもおだやかな、いたって地味なお人柄とお見受けしたが、「深志高校の人気教師」の評判どおり、おのずとにじむ風格があった。長野県に影響力をもつこの先生が、諏訪の先生たちとともに起ち上がってくださったことに川村は望みをつないだ。

ところが長野県は、この研究者団体の提言にも耳を貸さなかった。遮二無二ことを急ごうとした。何故か新聞も研究者たちを応援しなかった。直前に起きた八島線事件の時とは明白に違っていた。県・国サイドの報道だった。それでも地元三地区はねばった。みずうみの漁業を守ろうとしたのだったが、そのことが理解されず、県は住民エゴだとして苛《いら》だちをしめした。県紙が「広域下水道計画に暗雲」の特集記事（昭和四十五年八月一日）でこれをとり上げ「予定地の諏訪市豊田地区で猛反対／公害追放は大賛成・身勝手な公共心欠如」の見出しで報じた。冒頭から露骨に、住民エゴときめつけた書き方だった。地元の強力な反対に危機感を抱いたのかもしれない。地元三地区に鉄槌を下す報道だった。下水道の建設を急がなくてならないのは勿論だが、渋のエゴの存在の重要性についての認識を欠いていた。カネをかければ岡谷か下諏訪湖畔に造ることができたのである。短慮の県当局に引きずられるような報道だった。リベラル色の強い新聞だが、この記事は間違っていた。

　何が問題なのかを、正確に市民に知ってもらわなくてはと川村はおもった。八島線事件がそうだった。研究者たちの内うちの交渉ではラチがあかず、政治的には無色の青木正博医師が旗振りをして世論に訴え、路線修正に持ち込むことができたのだった。この運動で、長野県下の自然保護のリーダーになっていた青木医師に「渋のエゴ」もなんとか救えないかと話しに行った。当時、諏訪で環境問題に関して世論を動かせる人は青木さんしかいなかった。

　八島線事件というのは、奥霧ヶ峰の天然記念物・八島ヶ原高層湿原のへりをかすめる乱暴なルート設定だったのを、危ういタイミングで阻止して、奥霧の自然と、ミサヤマの信仰遺跡を守った運動だった。川村は、その路線修正運動の裏側で文書づくりを手伝い、青木さんとは毎晩のように顔をあわせる間柄になっていた。

青木さんと話すのはいつも夜十時を過ぎてからだった。天文観測者でもあった青木さんは夜型、というより深夜型の人で、川村を呼び出すのがいつもその時間帯だったからだ。その夜は川村の方から訪ねた。青木産婦人科病院は上諏訪の街の中心地、欅《けやき》の並木通りにあった。先代院長が大正時代末に建てたという本館は、緑色の塗料がはげかかった木造二階建ての洋館で、院長室は階下にあった。白の漆喰壁が黒ずんでいるうす暗い部屋の壁には、伊那谷出身のフォービスムの画家中川紀元《きげん》の滞欧作という女人像が、斜めに傾いてかかっていて、書架には天文関係の本が並び、床にも「天界」とか花山天文台（京大）の観測報「ブリテン」といった雑誌が散乱し、手術で汚れた白衣を着て古びた椅子に腰を落とす青木さんは、いつだってくたびれて見えた。色白で小柄ながらがっしりした体軀の青木さんだが、顔色はいつも悪かった。お産は深夜におよぶことが日常のようだったし、新病棟の屋上に載せたドームで星を覗くこともあって、慢性的な睡眠不足の人になっていたようだった。その夜も疲労の色が濃かった。それに、青木さんは天文には詳しくても、諏訪湖のことにはあまり関心がないようだった。川村は諏訪教育会刊の『諏訪の自然誌』を持参して渋のエゴのことを説明した。ヘビースモーカーの青木さんは、タバコを指にはさんだ手を宙に浮かせたまま、川村の説明に耳を傾けていたが、そのうちに居眠りを始めて、タバコを灰皿へ落としてうとうとした。いつものことなので川村はそのままで待ったが、眼をあけた青木さんは口を開こうとしなかった。いつもだったら、川村を相手に一方的に、えんえんと語りつづける青木さんなのに、その夜は違った。新しく火を点けたタバコを挟んだ指で、宙になにか書く仕種――それが長考居士の青木さんが思案するときの癖《くせ》だった――をしながら、川村のはなしを聞いていたが、少し首を傾け薄目を天井へ向けているばかりで時が過ぎた。指にはさんだタバコは三分の二も灰になっていた……

川村は青木医師の気性を承知していた。諏訪湖問題まで抱えこめない、との無言の回答と受け止めた。青木さんは当時、八島線に続く美ケ原《うつくしがはら》線問題で、今度は真正面から「建設さし止め」を求める松本の人たちにかつがれて、その運動の頭目になっていた。川村は、自然保護のことは地元の人に任せたらと進言したのだが、八島線問題でヒーローになっていた青木さんはそのまま突進していたのだった。川村はそれ以上くだくだいうのを止めてひき下がったが無念だった。諏訪市長選挙への意欲をのぞかせていた青木さんには、政治的な思惑があったのかもしれない。青木さんの念頭に、県紙の報道があるようにおもわれたのである。「渋のエゴ」は「世論」に潰された。

「渋のエゴ」が国の天然記念物になっていたら、悲劇は避けられた。天然記念物の指定を推進する強力な指導者がいなかったことが、取り返しのつかない事態を招いた。霧ヶ峰の三つの湿原は、大正十四年に国の天然記念物になっている。旧制諏訪中学校にいた生物教師飛田廣（茨城県出身）の熱意によって実現したものだった。飛田先生は樺太まで行って湿原を調査し、霧ヶ峰の高層湿原がいかに貴重なものかを地域に説いて世論を動かしたのだった。

飛田先生の偉業を継ぎ、地域社会を啓蒙する人物がいたら、「渋のエゴ」は湖の宝物になっていたことだろう。残念ながらそうした人物は現れず、「渋のエゴ」は少数の市民にしか知られていなかった。国の天然記念物指定の話も研究者だけで進められ、市民認知の運動にはなっていなかった。そんな中で、魚の繁殖地を守ろうとした漁業者の叫びは封じこめられ、県の意向のままに計画決定となった。記録保存の予算が付き、教育会の自然部会に調査が委託された。記録保存など何の価値もない。教育会は委託をうけるべきではなかった。

川村はずっと後になって、当時の裏の事情を「渋のエゴ」の地元・豊田小川地区の漁業者林篤さん（昭和五年生）から聞くことができた。小川地区の中でも、林さんの暮らす湖水端の半農半漁の家は、戦後になって上水道が引かれるまで、朝はやく舟を沖にだして湖水を樽に汲みあげ、煮炊きに使うというふうに、みずうみと一体になった暮らしだったということである。

林さんのはなしによると、地元の小川《こがわ》・文出《ふみで》・有賀の三地区は「渋のエゴ」の埋め立てに絶対反対の方針を堅持して、県と何度かの交渉をしたが、県は、処理場建設の事業費をタテにとったという。用地確保にカネのかかる他の候補地（下諏訪、岡谷）だと、総事業費は百九十億円になる。渋のエゴを埋め立てれば、十四億円予算を節約できるとして、「予算をとれない」の一点張りだったという。

県当局と記者には、水辺の植物が茫々と繁る沼沢地は、荒蕪《こうぶ》地にしか見えなかったのであろう。水中へ酸素を供給する諏訪湖の肺のような所、魚類の大繁殖地として、その経済的価値だけで十四億円などはるかに超えていただろう。みずうみの原初の姿を見られる所、水鳥の楽園として、自然観光のポイントともなる水域だったのに、県当局は盲目だった。「渋のエゴ」の消滅が、諏訪湖の死活にかかわることを肌で感じ取っていたのは漁業者たちだった。

そのころ諏訪湖では網生簀《あみいけす》による鯉養殖の試みが始まっていた。県は「自然漁業には限界がある。これからは養殖漁業の時代になる。諏訪湖の広い湖面を生かして、鯉の養殖に力を入れたらどうか。水産指導所が技術指導する」と勧めたという。林さんは「漁業者は、県の圧力と世論に圧されて、渋のエゴの埋め立てを認めざるをえなくなった」と、つぶやくようにして口にされた。

無理もない話だと川村はおもう。当時は水質浄化ばかりが叫ばれ、水辺の自然を守ろうという声は聞かれなかった。水問題の専門家として行政から頼られていた、湖畔の研究所の新任の学者も、陸水が専門とかで、当時は、水質浄化のことしか発言しなかった。視野の広い湖沼学者の居なかったことが不幸だった。そのころのことで川村には憂鬱な記憶がある。しゅんせつ・埋め立てとコンクリート護岸化がすすんでいた昭和五十三年のことである。青年経営者団体から「水質浄化連絡協議会」なる団体を立ち上げるから、川村にも会議に加われといってきたので顔をだし、水草帯の復活について控えめに発言すると、連合婦人会の会長という人がすっくと起って「水草は水質浄化の敵です！」ときっぱり発言し、川村は、場違いなことをいい出す者とみなされてしまった。

たしかに、水草は枯れると、底泥の栄養分を増やす。だが、理くつをいえば、水草はその栄養分を吸収して育つ。エネルギーは循環していて、昔はそれでよかった。経済の発展で過度にすすんだ湖水の富栄養化が問題だった。戦後の社会の変化が大きすぎた。みずうみのあまりの変わりように、市民も行政も「水をきれいにしなければ」と一途につきすすんでいる。水草は適切な管理をすればみずうみの救命者になりうるのに「水質浄化だ！」とだけ、みんなが目の色を変えているときに、へ理くつを並べてもはじまらない。こういうのが世間というものなのだ。以後、川村は、水質浄化だけとなえる会議は敬遠している。川村は、この会議のてんまつを、知人が出していたタウン誌「カルチャーライフ」に短文をつづって記録とした。そのタウン誌をさがし出して眺めると、題は「にがい湖」、脇題を「孤低庵ひとりごと」としてある。孤低庵だなんて、ひがみっぽく書いたものだ。

そうした世の流れの中で「渋のエゴ」は、世人に広く知られることのないままに失われた。広大な流域下水道終末処理場の敷地が、かつて諏訪湖に残された秘境の中心地であったことなど、すっかり忘れ去られている。かくして諏訪湖は、貧相な半人工湖になってしまった。「渋のエゴ」の喪失は、いくら言葉を尽くしてもいい尽くせないほどの痛恨事だった。国の天然記念物とされるべき水域を救えなかったのは、この国の、文化の貧しさからに違いない。

魚の繁殖地「エゴ」と沿岸部の沈水植物帯を失って、諏訪湖の漁業は様変りした。各地区に養鯉組合が生まれて、たちまち百面余の網生簀が出現し、鯉の養殖が諏訪湖漁業の中核になったかに見えた。県も約束どおりの技術指導をおこなった。ところが、養殖鯉は生産過剰になりやすいということがあって、買いたたかれた。鯉の体重の二倍ものエサを与えなくてはいけなくて、採算がとれず「飼料会社を儲けさせるだけじゃないか」の声があがるようになったという。競争相手を減らそうとしたのか、夜陰にまぎれて生簀の網を切り裂き、鯉を全逃がすという陰湿な事件も起きた。「すす水」が浮上して網生簀を襲い、その生簀の鯉を全減させる事故も発生した。その上、網生簀にばらまくエサの半分は湖底に沈んでしまうため、水質汚濁の新たな元凶だと指弾されるようにもなって、漁業者は追いつめられた。廃業があいついだ。いま、諏訪湖に残る網生簀は一面だけになっている。

現在の諏訪湖漁業は、人工ふ化で殖やすワカサギで支えられているのだが、そのワカサギが、皮肉にも、水質浄化が進むにつれて獲れなくなった。ワカサギを含めた湖魚の水揚げ量は、下水道の処理場が稼働を始めた昭和五十四年をピークに、年々減る一方になっている。下水処理場でリン・窒素の九四パーセントを除去するという「高度処理」の威力で、平成十一年を境にアオコが消えて湖水の透明度があがり、ユスリカの異常発生も止まった。それは、陸水学者たちを驚かせるほどの劇的な変化だというが、そうなってみると、ユスリカの幼虫を盛んに捕食していたワカサギが育たなくなった。植物性プランクトンの減少から動物性プランクトンも減り、魚類の餌不足を来しているらしい。

諏訪湖漁協は、人工採卵したワカサギの卵を、全国の湖沼へ供給して稼いできたのだが、この年はとうとう、諏訪湖へ放流する分も確保できなくなって、北海道から卵を移入する事態に立ち至った。諏訪湖のワカサギの漁期は九月からだが、漁協は漁師の出漁を週三回、それも二、三時間に規制している。観光客のワカサギ釣りも、一人三百五十匹に制限されて、釣り舟組合が悲鳴をあげているという報道もあった。ワカサギの甘露煮やから揚げを名物にしている街の川魚店に聞いてみると、諏訪湖産のワカサギは一割くらいしかない、ということであった。かつては、内水面漁場の単位面積当たり漁獲高で霞ヶ浦、北浦に次いで全国三位を誇った諏訪湖の漁業が追い詰められている。漁師の数も減る一方らしい。

最近では、諏訪湖は「水清ければ魚棲まず」の「貧栄養化」の兆候が見えてきたと指摘する学者がいる。新しい世代の学者で、この人は水草帯の復活など、漁業資源の育成も説いている。臨湖実験所の若里准教授である。川村は共鳴し、胸の内で声援した。透明度など、際限なく追求するのでなく、どこかで折り合いをつけて、魚貝が多く棲めるみずうみにしてほしいと希うのだ。だが、ことはそう簡単ではないらしい。

その若里さんも指摘しているのだが、リンは減っても、窒素と、水の汚染度を示す指標（COD）は基準にとどかない。それを達成するには、流入河川の浄化が必要らしい。上流には広大な耕地がひろがっている。諏訪湖はまだ難題をかかえている。

その諏訪湖で漁協は、なんとかして漁場を復活させようと苦闘している。「底質改善」といって、砂間《すなま》を広げ、宍道湖《しんじ》からとり寄せた「ヤマトシジミ」の養殖実験をはじめたのもその一つだが、それを成功させるためにも漁協が強く訴えているのは、湖水の酸素不足である。水がきれいになってきても、低酸素がいっこうに解消されないというのだ。その後、酸素欠乏のためなのかエサ不足なのか、ワカサギの大量死も起きた。沈水植物帯をつぶしてしまった影響が大きいにちがいないと、川村は素人なりにかんがえる。

明治四十四年に諏訪湖を調べた湖沼学者・田中阿歌麿《あかまろ》博士の記録によると、水生植物帯(そのほとんどが沈水植物)は、湖面の二六パーセントを占めているが、昭和五十一年の調査(信大)では四・八パーセントに減っている。最近は、南岸の流入河川の先に、ヒロハノエビモなどの沈水植物が、復活してきているといううれしい話をきくが、この程度では酸素不足は解消されそうにない。

水がきれいになり植物性プランクトンが減ることでも、酸素の供給は減る。

人工なぎさだけでなく、「すなま」の浅瀬をひろげて沈水植物帯を広く育て、枯れる前に刈り取るとかの管理を実現できないものか。近年、沈水植物のクロモが異常に繁殖し、秋になると岸にうち寄せられて悪臭を放つと、新聞は厄介者あつかいの報道をするのだが、クロモも水中に酸素を供給する役目をはたしたはず。岸に漂着したら除去する仕組みを考えられないものか。湖沼学者に頑張ってもらいたいと川村はおもっている。

湖水の貧酸素を解消できたら、かつて「どろま」に生息していたというシジミ(後述)の養殖もできるかもしれない。

その「どろま」の泥を小林茂樹先生は「珪藻軟泥」としている。正確にいうと珪藻軟泥は、深海底の堆積物のようだが、同じ珪藻の堆積物である「珪藻土」は「海底のほかに、湖沼または温泉・溜池に生ずる」と広辞苑にある。珪藻土は磨き粉、耐火材、吸収材やダイナマイト製造などに使われているという。諏訪湖底の泥は「資源」として利用できないものだろうか。川村は製糸業のことを調べるのに読んだ『平野村誌』で、諏訪蚕糸学校（今の岡谷工業高校）製糸部の生徒たちが昭和五年、製糸に使う諏訪湖水の調査を行い、当時すでに湖水が、プランクトンの増殖で六〜九月に濁りを見たと報告していることを知った。検鏡で確かめた多種類のプランクトンの名を挙げ「最モ多キハ珪藻類・藍藻類」としている。製糸は大量の水を使い、水質が生糸の品質を左右したので、水の問題が重視されたのだった。

製糸はリスク高く「生死業」といわれた事業だった。製糸家は経営に苦しみ、工女たちは、きびしい製品検査に耐えた。彼女たちが、驚くほどの集中力をもってやっていた繰糸の手業が製糸業を支えた。彼女たちの功労は賞讃されなければならないと川村はおもう。

その製糸から精密工業へと歩んだ郷土の、働く人たちの姿を身近に見てきた川村は、諏訪湖に影を落とした工業の負の部分を、ことさらいい立てる気持ちにはなれない。しゅんせつ・埋め立てを強行してしまった行政の浅慮を嘆くのである。

「渋のエゴ」がなくなる前に、下諏訪の「高浜のエゴ」が消滅していた。湖畔道路を造るための埋め立てだった。それでも高浜湾の奥に、エゴの名残のマコモの原が残っていて、舟渡と漁師の家を隠すようにひろがり、いかにも生々《せいせい》とした湖辺の眺めだった。そのマコモの原の前に立つ、紬《つむぎ》の着物姿の幸田文《あや》の写真が雑誌に載ったものだが、その豊かなマコモの原もしゅんせつで消えた。

この高浜湾には、むかし、二軒のボート屋と「金次」とかいう湖魚の料理屋があったという話を、川村は漁師の古老から聞いている。昭和三十年代初めころまで、県の水産指導所の支所に水族館があって、観光客を集めたのだったが、すっかり変わってしまった高浜湾へ、みずうみを眺めにくる観光客はもういない。

埋立地の護岸がコンクリートで固められたのもいかにも切ないことだった。川村は農民画家の原伊市さんら有志らと語らい、県の出先機関・建設事務所へ、コンクリート護岸の再自然化を働きかけた。H技師がそれに興味をしめしてくれた。しばらくして、護岸へ水生植物を植えこむ試みを始めたと新聞で報じられた。その後、陸水学者たちもいいだして、西ドイツモデルとかの人工なぎさづくりが進められることになったのだが、岸辺の景観をととのえても、みずうみの中身はすっかり変わってしまっているのである。マコモも、渋崎とか、下諏訪と岡谷境の十四瀬《じゅうよせ》川河口などに、わずかに残るだけだったのが、最近は南岸地区に少しずつ増えてきている。ところが、なぜか水草をきらう人が今も多い。「綺麗さっぱりの湖岸にしろ」と主張する人もいる。みずうみが変われば人間の感受性も変わってゆくのだろう。

マコモの根は甘く、白鳥や鴨たちが好むということだが、鳥たちがせっかく渡ってきてくれても、諏訪湖には彼らを養うに足る水草はない。水鳥たちの目には、貧相酷薄なみずうみと映ることだろう。

みずうみを猟場にするトビも減ってきている。川村は、湖岸線に自転車を走らせるたびに注意して眺めるが、高浜湾から上諏訪温泉にかけての上空を旋回するトビは、多いときで十二羽くらいしかいない。魚が減って、トビも飢えているかもしれない。湖面での銃猟が禁止されてから、舟渡のコンクリート堤や、岸辺の石の上に降り立っているトビを見かけることがある。かつて、岸近い空を飛びかっていたツバメもすっかり減り、たまに頭上をかすめるのを見るくらいである。水質浄化で、湖水から生まれる羽虫が激減して、ツバメたちは何をエサに雛を育てているのだろう。波の上を悠々と飛んでいたギンヤンマも、もう見られない。

このように様がわりした諏訪湖にもち上がったのが人工島計画だった。昭和五十三年に長野県で「やまびこ国体」が開かれたとき、下諏訪町の革新党町長がボート競技誘致の名乗りをあげ、四王湖岸の先をボート競技場にして、沖に延長一千メートルにわたる波除けの鋼矢板が打ちこまれた。

四王湖岸の先は、諏訪湖でも有力な漁場のひとつ（後述）なのだが、町と県は、ボート場にすることについて、漁業者の同意を得たという報道はなかった。公有水面のこととあって、漁師たちは町と県のやることを致し方ないと受忍したのだろう。古来からの漁業権を持っているのに、物いわぬ、つつましい漁業者たちである。

国体を終えて鋼矢板は撤去されたが、革新党町長はここを恒久的な漕艇場にすると発表し、町長の希望をうけて長野県がうち出したのが、波除けの人工島をつくるプロジェクトだった。この水域を生業の場のひとつにしている漁師たちの困惑が思われたが、この時も、漁業者との話し合いが行われたという報道はなかった。漁業者が権利主張をしないことをいいことに、当然のことのようにボート場づくりが進められようとした。町と県当局者には、漁場についての理解が欠けていた。こういうやり方がまかり通るのが下諏訪の町の政治風土である。革新党を名乗って町の支配者になった元々町長が、ほしいままに専横の権力をふるったことがあって、町長のやることに盾つく者のない町になっている。

田舎の小さな町に奇妙な独裁政治が生まれていた。ささやかな、しかし嫌らしい独裁政治だった。戦前の「革新」を名乗る右翼の政治運動で活躍し「聖戦遂行」をうたって県議をした男が、戦後、左翼党を名乗って町長になると、町内の経済、体育などあらゆる団体を束ねる「明るい町運動」なる組織をつくり上げ、町長の号令一下、統制のとれた活動が展開されたのだ。それに異を唱えようものなら、暗い町を愛する奴のレッテルをはられかねない。それではブラックユーモアにもならない。何のことはない戦時下の大政翼賛会の戦後版だった。閉鎖的な小さな町では、こうした小さなファシズムがいとも易々《やすやす》と成立してしまうのだ。普段の暮らしに何の障りはないようでいて、何でもかんでも「明るい町運動」にくくられてしまうのは鬱陶《うっとう》しく、何物にも囚われず、自由人として生きたいと思っている人間には、お世辞にも住みいい町とはいえなかった。したり顔して号令するファシストを眺めることにうんざりした。田舎暮らしにはこうしたことがままあるのかもしれないが憂鬱だった。

二代目革新党町長が記者会見で発表した人工島計画案は、羊かんのように細長いコンクリート島を五つ、すこし間隔を置いて、一千メートルにわたり直列させるというものだった。諏訪市は片倉館の沖に丸い小人工島をつくり、煙火の打ち上げ場にしているが、コンクリート島を五つも並べるというのは、埋め立てで縮んでしまったみずうみを、さらに深く傷つけることになる。漁業者や、こころある人たちは胸をいためていたに違いないが、これは厄介な問題だった。赤砂先（岬）には三つのホテルが出現していて――それは二十年ほどで消滅したのだが――観光業の振興策が求められていたし、ボート競技を盛り上げ、選手育成もはかりたいという声も出ていた。そうした中で人工島づくりに異を唱えたらどういうことになるか。川村はそんな役割を演じたくなかった。古い宿場町の遺風の残る町に移り住み、窮屈なおもいで暮らしていた川村には、政治的な発言力もなかった。

実をいえば川村は、ボートにはとくべつの親しみを持っている。高校生時代に「端艇部《たんてい》」という古臭い名のボート部に入って、重量感のある旧式のフィックス艇を漕いだ一員だった。みずうみの子として育った者として、当然のこととして端艇部に属したのだが、体格劣弱の川村は、選手になろうとしたのではない。競技用ボートというものも漕いでみなくてはともおい、初めから一年限りの腹づもりで入部したのだった。そういう者がほかにもいて二軍のクルーを編成し、川村はそのバウ（艇首に最も近い位置の漕ぎ手）を漕いだ。二軍といっても、トレーニングなしで漕ぎだせば、オールと艇にからだを挟まれる「切腹」を演じてしまう。一軍の連中と並んで「いっちょこ前」にバック台で腹筋を鍛えて乗艇できた。当然のことながら、漁舟の櫂と、長くて重いオールの扱いはまるでちがう。ひと漕ぎしてブレードを水面と平行にもどすフェザリングで精いっぱい腕を前へのばす。ブレードを返して水をキャッチし、ぐうんと引く。ブレードを抜き上げたとき水面に現れる小さな渦が面白く、クルーの呼吸が合ってスピードに乗るときの心地は格別だった。二軍クルーはタイムにこだわらず、遠漕を楽しんだ。六斗川の遡行も試みた。マコモとアシが豊かに繁る両岸の間をゆったりと流れる川面を、オオヨシキリのめざましい鳴き声を耳にしながら低速で漕ぎあがるのは爽快だった。

艇庫もマコモの乱れ繁る湖岸にあった。艇を滑車へ乗せてみずうみへ押し出す桟橋の西側がマコモの原だった。古い木造切妻、黒ペンキ塗り大屋根の艇庫には「天龍」「富士」「守屋」という、明治以来の名を継いだフィックス艇が格納されていた。琵琶湖周航歌の小口太郎も漕いだかもしれない艇だった。その艇庫での合宿にも参加し、肉のろくに入っていないカレーライスをつくって、空腹を満たしたものだ。そんなこんなで川村は、ボートの醍醐味は若干ながら知っている。

だがしかし、コンクリートの人工島の波除けというのは「とんでもない」ことにおもえた。漁業者あたりから異議の声があがることを願ったが、宿場町の遺風の色濃い下諏訪の政治風土では、反対の声などあがるはずなかった。町外の人でもいい、みずうみのために物をいう人物が現れてほしいと期待したが、その声はどこからも上がらなかった。このままでは五つのコンクリート島が造られてしまう。これだけは何とかしなくてはいけないと川村は焦った。県漕艇協会の顧問をしている恩師を頼ろうとした。その先生の指導で、生物クラブの連中が諏訪湖のミジンコの採集・観察をしていたのがおもい出され、諏訪湖へ目をむけている先生だとおもったのだ。その先生へ電話して、コンクリート人工島の設置を推進している町長を説得していただけないかとお願いした。先生はくぐもった声で口ごもるようにしてはなし、言葉がはっきりしなかったが、結論からいえば答えはノーということだった。失望した。

かくなるうえは、自分が動くほかなかった。それはまことに厭わしいことだった。だいたい、世間に盾つくことがいやだった。そんなことで言挙げすることがいやらしく、顔を手でおおいたくなるのだったが、このままではいけないという気持ちにせかされた。

そのころ川村は、大正時代に創刊された地域紙「湖国新聞」の編集長をつとめ、地域の人の本づくりを手伝う編集工房の仕事もしていた。かねてから親しくしていた歯科医の中根幹夫さんに、二人の連名で県へ要望書を出すことに同意してもらえないか相談をかけた。中根さんは十五歳上だったが妙に気が合い、ビーナスライン八島線路線修正問題の発端となるミニコミ紙を、一緒に発行した仲だった。むかし外科医院だったという古い歯科医院の、ちいさくて薄暗い工作室で、ときどき会ってはぼそぼそと話をしていた。中根さんはそのころ、矯正歯科専門の診療所に切り替える準備をしていて、工作室でベック式の矯正バンドの試作にとり組んでおられた。後に長野県で初めての矯正歯科医院の看板を掲げた人である。小柄で丸眼鏡をかけ、どもるように訥々《とつとつ》と物をいう人だった。イスとか建築とかのデザインに詳しく、専門の雑誌をそろえていて、大学の研究室で器具づくりをしているのがふさわしいような人物だった。矯正歯科の権威という榎恵教授の愛弟子のようで、中根さんの所へやって来た榎教授を見かけたことがある。榎教授は古い灯火具を蒐《あつ》めている趣味人だというので、川村が中根さんに、甲州道中（街道）の茶屋だった旧家に残る、明治開化期のガス灯の話をすると、中根さんの知らせで教授が調べに来て、これが榎さんの著書『ランプ』（築地書館刊）に収められるということがあった。

川村は、県へ出す文案を中根さんに見てもらった。コンクリートの人工島は、みずうみにかける負荷が大きすぎるのではないか。水質浄化のさまたげになるおそれはないか、など理由を挙げ、計画を再考してもらえないかと書いた。当時のきまりにしたがって「陳情書」としたが、いかにも古くさい手続きにおもえた。いたって口数のすくない中根さんは、文案に目をとおすと破顔してうなずき、この難題に同意してくれた。信頼してくれる中根さんに、川村は胸の中で手を合わせた。県へ書面を出すと当然のことに騒ぎになった。川村がもっとも嫌うことだったが、忍ぶほかなかった。そのかわり、大騒ぎにしないように「運動」は一切ひかえた。なぜ人工島が問題なのかを「湖国新聞」の投書欄に署名入りで書いて、町の人たちに読んでもらった。

そもそも、諏訪湖は午後二時か三時ころになると西から南の風が吹き出すことが多くて、風下の四王から砥川河口の赤砂先あたりがとくに荒れる。赤砂沖では岡谷のM高校のボートが突風を受けて転覆し、死者を出す遭難事件が起きている。そういう所に漕艇場を設けることに無理があった。町と県に基本的な検討が欠けていた。だが、町長の主導で計画が進んでしまっている段階で、立地問題のことをいっても始まらない。しかし、当時最大の課題だった水質の浄化に、五つものコンクリート島を直列させて、湖水の淀みを招くことはないのか、という問題があった。諏訪湖は、最深部でも六メートルあまりしかなくて、平均水深四メートルという西洋皿のような浅いみずうみである。その諏訪湖の中でも遠浅の四王沖へ人工島を造って、水流がどう変わるのか、模型で実験してみてはどうかと書いた。これは、諏訪湖を管理する長野県当局には無視できない意見になったようだったが、水質浄化を指導していた陸水学者は沈黙していた。後に、時流に乗ってダム反対運動に乗り出した党系の人たちも、社会党町長の持ち出した人工島計画には鳴りをひそめていた。

ボート競技の原点であるケンブリッジ・オックスフォードの対抗戦は、風波で沈没艇が出ても、テムズ川でつづけられている。それが本来のボート競技というものではなかろうか、コンクリートの人工島なんかで囲まずに、みずうみの自然の風光の中で競技したらどうだろう、あるいは、競技を早朝から始めて午後一時ころには終えるように工夫できないか、などと牧歌的なことも書いてみた。浮世ばなれした、馬鹿なことをぬかす奴がいると嘲笑した人もいたことだろう。

だが川村は、漁業者など、みずうみに愛着する人たちが共感して読んでくれていると確信していた。けんか腰にならないよう、どこまでもおだやかに書いた。水彩画家の山田康晴《やすはる》さんに絵入りエッセイ「諏訪湖百態」を書いてもらって湖国新聞に連載し、読者に、みずうみへ目を向けてもらおうとした。だが、表だった反応は現れなかった。川村には、人びとが、諏訪湖を見失ってしまっているのではないか、というおもいもあった。下諏訪高木の、山の手の茅家《かやや》に住んだ島木赤彦は、朝な夕なに眺めわたす諏訪湖を多くの歌にしている。みずうみと一体化した心境にあったと感じられる短歌である。

夕焼け空焦げきはまれる下にして氷らんとする湖の静けさ

空澄みて寒きひと日やみづうみの氷の裂くる音ひびくなり

つぎつぎに氷をやぶる沖つ波濁りをあげてひろがりてあり

川村は赤彦の歌にあるような、まだ神性を残していたみずうみに触れて少年期を過ごす幸運をえたのだが、時代がかわり、かわり果てたみずうみを見ている人たちの意識もかわってしまったことを思ってみなくてはいけないと、川村はかんがえた。それはどうすることもできない事柄である。

諏訪湖は「古事記」に「須波の海」と出てくる。川村には太古の諏訪湖のイメージというものがある。そのこともすこし書いた。湖底から熱い湯の湧くみずうみは、昔から栄養分に富み、魚が盛んに殖えていたにちがいない。みずうみへ流れこむたくさんの川の河口には沼沢地帯がひろがり、そこには神獣のようなカワウソが遊び、水鳥の群れが舞い立っていたことだろう。遠い海からはサツキマスの大群が押しのぼってきて、河上の浅瀬でばしゃばしゃと水をはじいて産卵した。湖岸の岩間には、腹の黄色い太いウナギが目を光らせ、水中の水草の密林にはエビどもが群れて卵を産みつけた。縄文の昔から、人びとは大木を刳りぬいて造った丸木舟を乗りだして、みずうみの恵みにあずかった。北から水鳥の大群が渡ってくる冬、みずうみは厚い氷にとざされた。寒夜、盆地の天地をふるわせる轟音が走ってみずうみの氷が裂け、一夜にしてえんえんとつづく氷の土手が出現した。限りもなく魚が殖え、冬にはミワタリが現れるみずうみの驚異に、人びとは神威を見て額ずいた。そうしてスワ信仰は生まれたのではあるまいか。スワの先住の民モレアの信仰体といわれる「モリヤ山」、そして風の祝《はふり》が穂屋に籠って風の鎮めを祈った「ミサヤマ」とともに、諏訪湖は、諏訪大社の神体そのものではないか……

川村は時代錯誤の、青くさい諏訪湖擁護論を書きつづった。異端の身を甚《いた》くかんじて、どこまでも辞を低くして書いた。県当局はそれを眺めている様子で、人工島の建設に踏み切れないでいた。川村は新聞各紙を注意してよみ、県の出方をうかがった。そんなある日、中日新聞の県版に、県の内部に、諏訪湖をいじりすぎているという意見がある、という趣旨の記事が小さく載った。それこそが川村が待望した見解だった。そして、コンクリート島は沙汰やみになった。

人工島問題が決着してしばらくして川村は、面識のなかった小松茂勝さんから、漁業の思い出話を書いたから本にしてくれという電話を受けた。小松さんは、川村の幼稚な諏訪湖擁護論を読んでおられたようだった。漁業者が読んでくれているという確信は妄想ではなかった。それだけで川村は救われた。小松さんのことは、名前だけは川村も知っていた。果樹園地帯の赤砂地区きっての土地所有者で、その父親が諏訪へリンゴ栽培を導入した先駆者だということ、現在は息子さんが創業した精密工業関係の会社の会長をしていると聞いていた。つまりこの町の有力者の一人である。その人が漁業者でもあったというのは意外だった。赤砂地区は、霧ヶ峰と和田峠西の山地から流れる砥川《とがわ》がつくった三角州に、江戸時代に拓かれた新田集落《むら》だが、幹線道路が開いて紳士服や靴の量販店が進出するなどして、郊外の新商業地の様相を呈している。小松さんを訪ねると、お住いは岡谷市との境を流れる十四瀬《じゅうよせ》川のほとりにあった。幹線道路から少しくだった静かな所で、川が下方で湾《わん》曲するあたりに、わずかに、水郷の面影を残していると感じさせるものがあった。七十四歳という小松さんは、地味な背広に身をつつんで、おだやかにものをいう人だったが、言葉にずしりとしたものがあって、するどい頭をもつ、堅実で練れた人物という印象を受けた。諏訪地方特有の「建てぐるみ」の土蔵をもつ古びた家に、篤実で温和な、いかにも諏訪の農家のおばあさまという感じの奥さまと二人で暮らしておられた。息子さんは別の所に住んでいるらしかった。

小松さんは、壮年期までりんご、かりんの栽培と漁業で暮らしを立てたということだった。父親の竹次郎さんは、諏訪湖の「ろうや漁」(かご漁)の名人としても知られた人だというし、茂勝さんも「追い打ち網」の投網の打ち方に独自の間合いを工夫したりして、ほかの漁師より多い水揚げをするなど、漁師としても重きをなしていたらしい。

お預かりした原稿の題名は「諏訪湖の恵み」だった。一読して驚いた。むかしの、川のほとりの暮らしから、みずうみの漁法のあれこれ、いろいろな魚のこと、泥の中にもいたシジミの美味だったこと、ヒシの実を茹でておやつにしたという、アイヌの人をおもわせる話などが、飾らない筆で簡潔にしるされていて、失われた諏訪湖の風土が彷彿《ほうふつ》としてくるようだった。これは大切な記録になる。世に残る本の発行人になれるよろこびを噛みしめた。小松さんに「一漁業者の回想記」の副題をつけることをおすすめして、私家版の本にした。地元の図書館や国会図書館へ納本した。こころある人に長く読んでいただけることだろう。

この本をつくってつくづく思ったのは、諏訪湖のことをいちばん知っているのは漁業者だということである。学者など知ることのできない話がいっぱい出てくる。たとえばこんな記述がある。

魚がいちばん好んで産卵したのは、漁師が「はびろ」と呼んだ水藻で、湖水の水温が上がってくる六月ころになると浅瀬から出来始め、だんだんと深い所に生育していった。七月になれば水面にまで伸びたが、あまり密生はしなかった。この藻に鯉、鮒などが好んで産卵したが、魚がこの藻の中に来た時は、それこそ所かまわずという調子で、網うけの尻に立ててある竹竿などにまでぎっしりと産卵してあった。

北浜で稚魚の一番多く育った場所は、なんと言っても砥川河口から横河川先までの、遠浅であった湖岸である。しかしエビ類は、良質の藻の良く生えた高浜湾から東であり、砥川河口から西は主にモロ、ヒガイ、ワカサギ、フナ、ハヤ等で、水のきれいな砥川河口に稚魚がいなかったのは、水温が低かったからとおもわれる。砥川と横河川の間には、あまり冷たい水の流れ出す川はないので、稚魚が育つには最適であったと考えられる。(…)なんの稚魚か判別できない、孵化したばかりのものが浅瀬一面に無数に浮遊していた。

すこし前の諏訪湖がどれほど豊かな世界であったか、目に浮かぶような文章である。そのみずうみが変わってしまった。

「人工島」は回避できたが、風波がたつと、ボート大会が中止になるという問題は残った。波が出たら競技はやめるというような話は、現代では通じない。何年かして、県漕艇協会のスタッフに名を連ねている町役場の建設課長が川村に会いにきて「浮体堤」の案を示した。フロート（浮具）を、間隔を置いて並べるので湖水は流通するし、景観を大きく損なうこともない、という説明だった。大手ゼネコンが開発した波除け装置のようだが、浮体堤を繋ぎとめるのに、コンクリートブロックを沈めるという。それはかなり大型の構造物と想像できた。目には見えなくとも、湖底に一キロにわたる土手を築くようなもので、みずうみの自然を大きく改変することに変わりはない。それに、湖面を長々と区切る浮体堤は、丈は低くても、湖岸からの眺めを窮屈なものにしてしまうことだろう。だが、漕艇協会の役員の一人というこの課長は、波除けをなんとしてでも造らなくてはと、町長とともに県を動かしているらしい。

「どうですか」

課長は川村の顔をうかがった。課長は、県の素案が出来あがったところで県と合議のうえ、町長の意を受けて川村の反応を探りにきたようだった。川村の頭にまず浮かんだのは中根さんの顔だった。歯科医として町の人たちにしたしまれている中根さんに、これ以上のこころの負担はかけられない。町の謀反人の自分の道づれにしてはいけない。「どうしようもないな」というおもいが胸を占めた。義父の許で育った川村は、なにごとにもあきらめが先にたつ。すぐにあきらめてしまう生き方をしてきた。独りで世間とたたかう肝っ玉はないし、それが正しいこととおもえない。自分のいうことだけが正しいといい張る人間にはなりたくないと、川村はおもってきた。町の世論もかんがえてみなくてはいけない。

「賛成はできません」

川村はそれだけ答えて口をつぐんだ。課長は首をかしげて川村の目をのぞきこみ、

「反対されるのですか」

と訊いた。

「いや……、それは、しません」

川村は答えた。課長は安堵を顔に浮かべて、そそくさと帰っていった。

課長を見送って川村は中根さんを訪ね、そのことを伝えた。中根さんは、言葉は出さず「仕方ないね」というようにうなずいた。いつもの、はにかむような微笑を浮かべていた。町は

すぐさま県へ知らせたことだろう。県は翌年度の予算で工事にかかり、延長一千メートルにおよぶ「浮体堤」の波除けが四年がかりで造られた。

四王沖の湖面を一直線に横切る浮体堤ができあがった。四王湖岸は、みずうみの東方に噴出した八ヶ岳の裾野越しに、百キロメートル向こうの富士山を眺められる景勝の地である。川村は自分で勝手に「フォッサマグナ（大地溝帯）の風景」と名づけて、ときどき眺めにゆく。小さくなったみずうみながら、それでもまだ少しはひろく見わたせた湖面だったが、浮体堤で狭められて眺めが小さくなった。コンクリートの人工島は防げたが、川村には浮体堤もやっぱり異物に見える。漁師たちの憤りと嘆きがおもわれ、みずうみが、みずうみでなくなってゆく淋しさがある。それでも川村はみずうみを見にゆく。変わってしまったみずうみの畔《ほとり》に立って、昔のみずうみを見ているようなものである。川村はみずうみから離れられない。

川村は、旧中山道沿いの集落の外れの、製糸の時代の新開地の小さな家に暮らしている。旧い集落の旧家の人たちの中には――それはほんの一握りの人たちだが――未だに外来者を「来たり者」と見る気配がある。集落もどんよりとしていて、なんとなく昏《くら》い。長い宿場時代から降りつもった澱《おり》のようなものといったらいいか。

太宰治は短篇「八十八夜」に「この下諏訪といふ町は、またなんといふ陰惨低劣なまちであらう」と書きつけている。昭和十四年八月「新潮」に発表した作という。小説の主人公の

「ひどく貧乏な作家」は、「まっくら闇の中」で「狂気」や「自滅」を思いめぐらすうち、ふと旅に出る。前に世話になった上諏訪温泉の宿屋の女中さんが頭にあって「思ひ切つてめちゃなことを、やつてみたい。私にだつて、まだまだロマンチシズムは残つて在る筈だ」などと妄想するが、一目散に宿へ駆け込むには含羞がある。ひと駅先の下諏訪に一泊し「多少、紆余曲折して」上諏訪の宿へ行こうという「あさはかな気取り」から、下諏訪駅に下り立ったのだが、町へ足を踏み入れてみると「町はば、せまく、家々の軒は黒く、根強く低く、家の中の電燈は薄暗く」おまけに雨も降ってきて町は底冷えし、「泣くほど心細く」なって「この町を振り捨てることに決意した」とある。そして、この頼りない文士は「駅前まで引き返し、自動車を見つけて」上諏訪温泉へ逃げ出している。この小説、道化の身振りの語りを題にふさわしい軽快自在の筆でつづって読み手を酔わせるが、下諏訪の町を忌避するくだりだけ寒々とするどい。守拙《しゅせつ》の詩人太宰治は、この町に足を踏みいれて、そこにうずくまる暗黒の悪意にふれ、戦慄したのかもしれない。

その小説が書かれてから七十年あまりの時が経つ。下諏訪の町並みも現代風になってはいるが、土地に染みついたものは消えないもののようである。川村はこの町に住んで三十年になるが、未だになじめないでいる。まして、いちどは町に盾ついた身には居心地がいいとはいい難い。住まいが家並みに囲まれた町なかなのも窮屈だ。家人と一緒になって間もなくの元朝に、雑煮の膳を前にして「湖辺の家へ帰ろうとおもうんだが……」と切り出したことがある。大晦日の夜かんがえた決心を告げたのだったが、家人から「なにを寝ぼけたことをいってるの」と一蹴されて、マンガの一場面に終わった。靴の左右を履きちがえたようなおかしな夫婦だった。その家人は、ひっ攫う男があって家を去った。上諏訪の湖辺の家は無くなり、今はガラス張りの工場になっているが、もう一度、湖辺のどこかに住いを見つけて、みずうみを眺め暮らしたいとおもうことがある。変わり果てたみずうみだが、気温がおかしく変化して、湖面から急に濃霧が湧き立ち街を侵してくるときとか、驟雨《しゅうう》がきて雨の幕が対岸を隠し、みずうみが限りもなくひろがって見えるときとか、梅雨どきの満水期の黄昏に、対岸がくらい影に沈みかけるときとか、ふっと古来のみずうみの姿が現れるようにおもえることがある。そうしたときに川村は、胸の中によみがえるものがあるのを感じる。川村は自分を、むかしのみずうみの世界に生きている化石人間のようなものだともおもっている。

かんがえてみれば、これまでやってきたことは、自分の生きた世界に執着し、それに縋《すが》ろうとしただけのことで、つまるところエゴイズムというやつではないかとおもいつく。だが、それも当たり前の人情というものであって、別に、恥じ入ることもないか、ともおもう。むかし、えらい坊さんが、この世でこれだけが正しいということなんか無いといったそうだが、なにも否定せず、化石人間は化石人間として息をしてゆけばいいんだと自足する。下諏訪の町のよどんだ空気はやりきれないが、とびきり熱い温泉銭湯だけはいい。その湯につかれば、頭につまりかける鉛が溶けてゆく。分けへだてなくはなしのできる朝湯の友もできた。その人たちがそろって「来たり者」なのが可笑しい。そんな温泉の恵みがありがたくて、町を去る決心をつけられずにいる。

十二月二十七日。この朝も凍みた。みずうみの様子が気になる川村は、前日より早目に仕事をきり上げて四王湖岸へ出た。「四王」は、大昔おきた大洪水のとき、山の寺もろとも押し流された仁王像が、四体に割れて流れついたことから付いた地名だという。浮体堤の内側の湖面を薄氷が覆っていた。堤外の湖面はゆったりと波がうごき、氷片が漂っているのが光の反射でわかった。予想したとおり二日つづけて結氷したのだ。風が弱くて堤内の氷が砕かれずに保たれていたのである。川村はコンクリートで固めた舟渡につづく地面の枯れ草に立って、みずうみを見わたした。陽はだいぶ西にかたむいていたが、空はよく晴れて、寒気の張りつめた湖上はどこまでもあかるく、玲瓏《れいろう》としていた。東方の、上諏訪湖畔の建物が西日をうけてくっきりと浮かび出て見え、その向こうの遠い空に今日も白い富士が、裾野ちかくまで見せてうっすらと浮かんでいる。

対岸の守屋山からつづく低い山なみは、とっくに日がかげり、幾筋もの尾根が濃い陰影をきざみつけていた。湖岸からいきなりそそり立つその山塊は、日本列島を東西に分ける大地《だいち》溝帯《こうたい》の西のへりらしい。糸魚川静岡構造線がそれに重なっているようである。諏訪湖は、糸静線にそってできた構造湖だという。対岸の急峻な山地は断層涯の形にみえる。日没でその山々が黒いかたまりになると、山裾の湖面は凄みをおびてくる。川村はそこに妖気さえ感じる。曾根遺跡も、糸静線の断層運動で起きた大地震のとき地盤が沈降し、プレ縄文の漁人たちの集落がみずうみに沈んだと川村はみている。そして、いずれまた糸静線が動くとき、みずうみがふたたび割れることだってあるとおもっている。さらに沈降するか、それとも隆起するかのどちらか。

川村は、昭和十九年、小学三年の時に起きた東南海地震を経験している。東洋バルヴの鋳物工場が倒壊したのを見た。城南小学校では校庭が液状化して水が噴き出し、豊田では倉庫がつぶれた。これら軟弱地盤での揺れは震度五ぐらいではなかったかと、川村は素人なりに推定している。一方、山手地区の被害は軽微だった。いま騒がれている南海トラフが三カ所同時に動く動く巨大地震では、諏訪は震度六強くらいになるかな、というのが川村の素人考えである。これに対し糸静線地震の政府予測は、諏訪で震度七。これは恐い。それも、切迫度最高ランクと発表されている。その時、諏訪湖はどんなことになるか……。川村は、少年の日と同じように、ただつっ立ってみずうみを眺めた。川村以外に人影はなく、あたりは静まりかえっていた。と、人の気配がして、川村の足もとの舟渡に男が立った。太めの、しっかりした躰《からだ》つきの年配の男である。ハーフコート風の防寒衣は上等そうで、黒のズボンには折り目も見え、磨いた革靴を履いてちゃんとした身なりである。出漁のいでたちではない。その男が舟渡に繋がれている漁舟の一艘に乗りこみ、がたがたと音をたてて竿や櫂といった漁具を片づけはじめた。意外な成りゆきで、川村は舟の男を見守った。男は黒い髪をきちんと整え、大きめの顔の目鼻立ちに重みがある。この辺の企業の幹部級の人物だったような感じがする。会社を定年で辞めてから、家業の漁業を継いだ人ではなかろうかと川村は想像した。あるいは、小工場でもやっている人かもしれない。男は艫《とも》へ腰をおろした。船外機を始動させて舟をゆっくりと動かし、舟渡の先に立つコンクリートの防波堤の脇へ出た。そこからエンジンの出力を上げると、ぐうんと半円を描くように舟を走らせて、沖の浮体堤のすき間まで行き、そこで舟首《へさき》を返し、前の航跡をたどるようにして、今度はゆっくりと舟渡へ戻った。手なれた舵さばきだった。堤内の湖面に残る薄氷を割ろうとしたのだろうか。男は舟を杭に繋ぎとめると、またがたがたと漁具の片づけを始めた。漁具の数はそれほど多くないようなのに、ていねいに整理しているようだった。整頓ずきの人物らしい。やっと舟から降り立った男に、川村は護岸堤の上から声をかけた。

「水路を開けるのに、難儀されますね」

男は川村を見上げ、川村の風体を確かめるように一瞥し、うなずいた。表情を消した顔である。貫禄がある。

「ワカサギ漁の準備ですか」

「あしたが、今年最後の漁になるんで、氷を割っておかないと」

男はやっと口を開いた。出漁は朝の暗いうちらしい。ワカサギ漁が諏訪湖漁業の支えになっているといっても、魚は減る一方で、出漁日は限られているのだ。

「波除けができて、厄介ですね」

「湖の氷が解けても、波除けの内側にいつまでも氷が残って困る。しょっちゅう割っておかないと出られない」

男は不機嫌な口調でいう。

「波除けが延長されていますね」

「人工なぎさを保つためというんだが、なぎさが固まったら、波除けは外してもらわなきゃいけない」

川村は「えっ」と息を詰めた。無愛想な男がおもわぬことを口にしたからだ。川村は男の顔を見つめたが、男の表情には何の変化もない。あくまでも平静である。「外してもらう」といっても、大金かけて、強固な基礎の上に造られた浮体堤を撤去することなど、考えられないとおもわれるのに、この、ちゃんとした仕事をしてきたらしい、ひとかどの人物とおもわれる男が、ごくあっさりと、そんなことを口にするのである。やはり浮体堤は、漁業者からすれば、投網の好漁場に勝手に造られた迷惑な異物なのだ。川村は、男の言葉に漁業者の怒りを感じるのだが、男はどこまでも冷静で、激するところなど欠片《かけら》も見せない。

「波除けを造るとき、漁業組合に補償金は払われたのでしょうか」

「そういう話は知らんね」

男の答えは素っ気ない。年齢からみて、漁を継いで日が浅いらしいと川村は受けとめた。諏訪湖では、生業として漁しかしたことのない「専業漁師」はもう一人も居ないのではなかろうか。漁師の家の子も勤め人になるなどして暮らしを立て、勤めをやめてから漁業を始めたという人が大部分らしい。川村は〈写真考現学〉と銘うち『すわ湖の町の平成元年』と題して、一日一枚の写真と文章で構成した自著を出版したことがあるが、それに「滅びゆくみずうみに生きる最後の専業漁師」として、赤砂のFさん六十九歳の姿を収めてある。Fさんはそれから間もなくして亡くなられた。その本には、四王舟渡に現役の漁舟として残っていた丸太舟の写真を「湖の至宝」として載せてあるし、富部という集落の、山の手を通る甲州街道ぞいに住む漁師たちが、高浜の舟渡へ下りるのに使った幅一メートルほどの「舟道」も記録してある。その細道は今も残っているけれど、地元でももう「舟道」の呼び名は忘れられかけているのではなかろうか。

「波除けの下に砂が溜り出して、水がよどんできた」

今度は男の方が言葉を出した。

「えっ、砂ですか……」

思わぬ話に川村は絶句した。

「水面から五十センチくらいまで砂がたまってきている」

男は何ということもない顔でいった。それはたいへんなことである。湖底に直列させて沈めたコンクリートブロックに、打ち寄せられる土砂が長い土手を造りだしているらしいのだ。浮体堤の二つくらいに、水生植物らしい草が生えているのが岸から見えて、不思議におもっていたのだが、これで謎が解けた。放っておけば、いずれ長い砂州が湖面に顔を出すことになるだろう。

諏訪湖は年に一、二センチくらいずつ土砂が堆積していると新聞に出ていた。甲府盆地は同じ糸静線に沿う断層湖だったのが、何十万年かして陸化したのだという。みずうみは沼となり、やがて陸化して死を迎える。それが自然湖の自然の姿なのだが、諏訪湖は天竜水系の洪水をふせぐ調整池でもある。だから適度の浚渫《しゅんせつ》は必要とおもわれるが、公共事業を毛嫌いした元知事の命令で、浚渫事業は取りやめになった。その後、六斗川と砥川の河口に、大雨のたびに堆積する大量の砂をとり除く作業がおこなわれているが、湖底への土砂の流入は加速していることだろう。ここ数年、ヒシが異常繁殖して岸寄りの湖面を埋める。諏訪湖の沼化がすすんでいることを感じさせる風景である。諏訪湖は絶えず変化している。戦後は汚染が限度を超えた。住民は戦争の荒廃から立ち直ろうと懸命に働き、その残滓《ざんし》を諏訪湖へ抛《な》げ捨ててきた。別に悪気があったわけではない。そんなことを意識したことさえなくて、ごく当たり前のことのように、おおきな存在として在る湖《みずうみ》に甘え、頼ってきたのだった。諏訪の民の生活再建は、諏訪湖を犠牲にして実現できたのだ。諏訪湖は壊され、引っ掻き回され、満身創痍の身となりながら、何も語らず、独りで生き延びようとしている。

今だってみんなが幼児《おさなご》のように、その諏訪湖に甘えている。小さく縮められたみずうみが甚《た》えている惨痛《さんつう》など、想像することもなく、みんなが当たり前のようにみずうみを眺め、それぞれに愉しんでいるのだ。

諏訪湖は孤独な湖《うみ》、受忍の湖である。

そのことに気づいた。湖を見た。だが諏訪湖は、変わりばえのしない、いつもの貌《かお》をしてひろがっているだけだ。少しばかり疲れ、水は薄く濁っていて、晴れ晴れしない表情ではあるけれども、不機嫌そうに小波を立てているだけで、悲愁を浮かべているわけでもない。すこし老いた感じはある。川村が少年時代に親しむことのできた旧時代の湖《みずうみ》は、狂暴な埋め立てで失われた。つくり物の湖《うみ》になってしまった。もう、自然湖に蘇《よみがえ》ることはない。それでも諏訪湖は、呼吸し、風を吸い、波を立てている。自然湖の誇りに生きようとしているのか。そして諏訪湖は、今日も孤立し、誰に知られることもなく、生き延びようとしている……。

川村は自失し、氷片の漂う波を眺めた。

漁師の男も、湖《うみ》へ目を向けている。


浮体堤は、やはり厄介な存在になってきている。

「えらいことですね」

川村は気持ちの昂《たか》ぶるのを感じていった。だが男の表情は動かず、それ以上のことを口にしようとしない。

「このあたりも、いい漁場だったのでしょう？」

川村は、ボート場の水面を指して訊いた。小松茂勝さんの本にそのことが書かれているのを思い出していた。

「今だって漁場だよ。この近くで私の投網が大鯉にかぶさり、それを見た漁師二人が来て網を打つと、二つの網とも大鯉にかぶさった。そこへもう一人寄って来た漁師の網にも大鯉がかかってひと騒ぎした。このあたりには鯉の巣があるかもしれない。鯉が鰭《ひれ》で底の泥を掘るのか、窪みができている感じのする所がある。だが、水がよどんできて、魚が減っている」

男は漁師でなくてはわからない話をする。愛想は丸きりないが、はなしはきらいでない人のようである。春先に砥川先で大鯉がかたまって獲れて大騒ぎになった話は、小松さんの本にも出てくる。そういう漁場が漕艇場になって、練習もますます盛んである。漁師は、舟を出すのもままならないし、湖底へ沈めたかご漁の漁具の標識を引き抜かれるといったトラブルも起きるらしい。たまりかねた漁業者の申し立てで、町との間で協定書が取り交わされたという新聞記事を目にしたことがある。漁師の生業の場である水域が、ボートの占有水面になりかけている。川村は漁師の苦衷を思ってみる。

「鯉は自然に殖えていますか」

「いや、鯉仔も鮒仔も人工繁殖ものを入れている」

やはりそうなのだと川村は納得する。

「昔は自然に殖えたのにね」

「すごかったな。産卵期になると、そこらの川いっぱいに鯉や鮒が上がってきたものだ」

男は昔を思い出すようにいったが、表情には出さない。豊田小川の林さんは「田植えのときなんか、苗を植えて一歩前へすすむのに足を抜くと、その窪みへすぐに小鮒が入り込んできた。そのくらい魚が多かった」と話してくれたのが思い出される。上諏訪の旧友の一人は「田植えの終わったころ、渋崎の湖水端の田んぼへ行くと、畔を歩くだけで、小鮒をバケツ一杯も拾えた。田の中の踏み跡のどれにも、小鮒が入っていた」とはなしてくれたものである。茂勝さんの本には、産卵期の夜ふけに、十四瀬川へ大鯉の群れが押しのぼってきて、セギ止めの高板を跳び越える物すごい音で目が覚めたという話が出てくる。川の上流に製糸の時代からの鯉の養殖池があって、そこから精液が川へ流れ込むために起きた騒ぎだという。

「埋め立てで、諏訪湖が変わってしまいましたね」

「あれで諏訪湖は駄目になった」

男は吐き捨てるようにいった。川村は数年前、漁協の組合長が「学者が湖水を駄目にした」と口にするのを耳にしたことがあるのを思い出し、男の顔をながめたが、能面のような顔がそこにあるだけだ。川村は、今のようなみずうみにしてしまったのは、自身もふくめ、当時の諏訪の民みんなの責だとおもっているが、行政も智恵がなかったとおもう。

「鮒といえば、川魚屋さんで、かわいい小鮒の雀焼きが人気のようですが、鮒も獲れますか?」

「ダメだね。ブラックバスやブルーギルがやたらに殖えて、喰ってしまう。（漁業）組合が電気ショックの仕掛けで退治すると、ブラックバスなんか一度に何キロもとれるんだが（殖えるのに）追いつかない」

男はつき放すように話したが、どこまでも落ちつきはらった顔に変わりはなかった。

「ブラックバスは食べられませんか」

「獲りたてだと食えないことはないが、ちょっと時間がたつと、猛烈な悪臭がついてもう駄目だ。舟渡の土手へ放りあげて、カラスが喰うか見ていたが、カラスも寄りつかんね」

男はそう話すと、舟渡から上がるゆるやかな斜面へ足を向けた。川村は頭を下げて見送った。男は悠々とした足どりでジョギングロードと車道を渡り、少し下り坂になる脇道へ消えた。四王地区あたりの漁師の有力者と思われる後ろ姿だった。


十二月二十九日。朝の最低気温が氷点下九・〇度になってみずうみは部分結氷したが、翌日から気温がゆるんで、結氷を見ずに年が暮れた。

年が明けて平成二十七年、西暦二〇一五年は、終戦から七十年の節目となった。朝二センチの積雪があり曇り。気温はゆるんだままなのに寒々とした一日になった。「戦後七十年」の特集を組んである新聞を、川村はななめ読みして放り出した。昭和二十年敗戦の夏、川村は国民学校――小学校がそう呼ばれていた――の五年生で、上諏訪角間《かくま》町の借家に住んでいた。島木赤彦と藤森成吉《せいきち》の生家がすぐ近くにある旧市街の中心地で、うしろの丘に諏訪中学校（旧制）のおんぼろ校舎が階段状に建っていた。八月十五日終戦の日、川村は一・五キロメートルほど西の商店街「湖明館通り」先の、粗石を積んだ護岸へ行ってエビ釣りをした。

お菜にするため、である。その日も十四ぐらいは釣れたとおもう。とにかく暑い日だった。正午までに家へ帰ろうとして歩きだすと、かんかん照りの白い道で目がまわった。亀半丸中の醤油蔵の並ぶ裏道まで来て歩きつづけることができなくなって、道端の家の軒先へへたりこみ、ひと休みして、やっとのことで家へ戻った。正午をとっくに過ぎていた。だから川村は昭和天皇の「玉音放送」を聞いていない。戦争が終わったことをどうして知ったのか思い出せない。母から教えられたのだとおもうのだが、記憶がはっきりしない。毎日腹をすかせていて、頭がぼんやりしていたのだと後年になって思ってみたことである。みずうみからの帰り道でへたりこんだのは、要するにあれは栄養失調だったと気づくのだ。終戦の日といえば頭に甦《よみがえ》るのは、エビ釣りの帰り道で動けなくなったことである。

少年を飢えさせるような貧しい国が、なんでアメリカのような国と戦争をしたのだろう。そのことをおもうと腹立たしくなる。神経症の発作としかおもえない理不尽な暴力をふるう軍国教師が君臨した、恐怖の教室の記憶もあって、戦争のことなど思い出すのもいやだ。

一月二日。氷点下一〇・五度の凍みで諏訪湖は再び部分結氷したが、その後は平年並みかやや高めの気温がつづいて、岸近くが氷っても、陽がのぼると解けてしまうという繰り返しだった。そのうち、小雨になる日もまじるといった按配《あんばい》で、一月はとうとう全面結氷せずに終わった。御神渡拝観を受け継いできた上諏訪の八剣《やつるぎ》神社の総代たちをがっかりさせている様子がテレビに映り、その神社の神渡帳に、二年続けて「明けのうみ」としるされたと新聞記事にあった。

そして二月六日、県紙の一面トップにでかでかと「東京五輪ボート事前合宿の候補地登録／下諏訪町、申請を発表／コース一五〇〇㍍まで延長の用意」と三本見出しの特ダネ記事が載った。町長の誇らしげな談話がついている。県紙は諏訪湖レガッタの主催者である。

「なるほど」

川村はつぶやいた。強引に進められた浮体堤の延長だった。「一五〇〇㍍まで延長の用意」とあるのは、浮体堤をさらに延ばすということだろう。そうなれば、みずうみはさらに傷つく。だが町と県は、既成事実をつみあげて、物ごとを固めてしまうやり方をしてきている。

オリンピック選手の合宿誘致に反対する人はないだろう。歓迎すべきことで「明るいニュース」に違いない。だがしかし、一時的な練習のためにそこまでやらなくてはいけないのか。

町長はこの申請を出す前に、漁業者の了解を得ているだろうか。記事はそんなことには何もふれていない。この町長は、人工島を造ろうとした革新党二代目町長の息子で、ボート選手から立身し、町長になって県漕艇協会長もしている。五輪選手の合宿誘致を手柄にしたいようだが、その姿勢に、長すぎる浮体堤が、みずうみの重い負担になっていることへのつつしみは感じられない。漁業者の出漁はいっそうままならなくなることだろう。漁業者のことなど、もう当局者の念頭に無いのかもしれない。ボートの練習も競技会も、物いわぬ漁師たちの忍耐の上になりたっていることを思いみるべきなのだ。町長はさらに、艇庫の湖岸への移転・拡張と、赤砂先・四王から高木までの下諏訪の湖畔を「健康スポーツゾーン」にするともいい出している。

小林茂樹先生の『諏訪湖の漁具と漁法』には、高浜・高木から上諏訪にかけての沖合が、投網には一番の好漁場で、これに「渋のエゴ」方面と四王沖がつづく、とある。そういう大事なことが忘れられている。ボートも結構だが、漁業のことはもっと真剣に考えられなくてはいけなくなっているはずである。この町でも、親工場の流出で下請けの仕事が減り、零細工場がなくなってきている。漁業で食える人が増えれば、町は少しは活気づくだろう。仕事を増やすことが先決ではないのか。川村の旧くからの友人で、諏訪湖横断水泳大会優勝のキャリアのある水沢康人さんは「短水路でいいから、町民プールを造ってくれろといってるんだが、駄目だね。町にはその気がない。ボートより、水泳人口の方が多いのにな。それに、余ってる温泉を使って温水プールにすれば、年寄りたちの水中歩行にも使えるんだが」となげく。町営プールもない貧しい町なのに、町はボートのことだけに前のめりになっていないか。川村の耳には漁業者の嘆きが聞こえてくる。だが彼らは少数者になってしまっている。川村は、暮れの四王湖岸で話を交わした漁師の顔を思い浮かべた。彼は、あの平静な顔をかえずに記事を読んでいるだろうか……

諏訪湖は古来、漁業者たちの物だった。多種多様な漁法が工夫され、純漁村も存在した。小林茂樹先生の本によれば、昭和三十八年、諏訪湖の在来舟は丸太舟一〇六、漁舟《りゅうせん》五五〇、農舟一七七だったのが、昭和四十三年には丸太舟九〇、漁舟三三八、農舟四一に減っている。汚泥のしゅんせつ・埋め立て以降、漁業者はさらに減少しているとおもわれる。しかし、資源のない日本国で、これから、漁業資源はいっそう大事なものになってゆくことだろう。諏訪湖の漁業も見直される日がくるにちがいないが、このみずうみが、昔のような漁場によみがえることはできるだろうか。

このあたりを遠浅の湖底に復元できたら、ゆたかな沈水植物帯もよみがえり、スジエビや手長エビが山ほど獲れるエビ押し漁も復活できるだろう。だが「ボート場だ」となると、水草帯の復活など論外とされてしまう。エビ押し漁など、永遠に望めない。

「波消しは撤去してもらう」と、ありえないと思われることを平然と口にした漁業者の言葉を、川村は改めておもい出した。それは漁師の叫びなのだ。そしてそれは、正論なのだと川村は気づく。しかし、それが行《おこな》われることはない……

川村は、流し針漁の長谷川さん一家の、線路沿いの黒いトタン屋根の家の、つつましい、おだやかな暮らしぶりをおもい浮かべた。そうした漁師たちの側に身を置きたい、と川村はおもった。何ができるというわけではないが。

好漁場を人工水面に変えてしまうのはいかにも惜しい。諏訪湖のような小さなみずうみでは、ボート競技は自然の中でやる、というのは正論であるはずだ、と川村は改めておもう。それができたら、下諏訪の町は、世の中へ一つの見識を示せたのではないか。そんなことをおもってみるのである。

川村は本棚から小松茂勝さんの『諏訪湖の恵み』をとり出してページを繰った。「高浜のエゴの思い出」の小見出しを見つけた。茂勝さんの文章はどの項も短くまとまっている。

高浜のエゴへ鮒とりに毎日通った。高浜のケン先から東へ、長い藻がよく生育、密生して、鮒にはよほど住みよかったとみえ、群れをなしていた。あの辺一帯に鯉はいなかったが、鮒がなぜあんなにいたのかと今でも思いだす。(…)他の場所では、投網の合わせ打ちをしても、せいぜい小鮒が一網二、三匹から十匹くらいであるのに、高浜湾では五、六十匹はいつも入った。合わせ打ちをしなくても、一人で、良い藻のあるところをねらって打つと、二十匹くらいの鮒が入り、実に面白かった。天気の良い日には、あまり広くもない湾内に漁舟が三十艘くらいも集まったので、誰かが打ったところにまた打つくらいの賑やかさだった。（…）今にして考えれば、今日、皆が獲ったくらいの量の鮒が、次の日には又どこかから寄ってきたものと思う。さもなければ二、三日で獲りつくされてしまうはずのものである。それが毎日、同じ場所で獲れたのだから驚きである。忘れえぬ高浜湾の鮒漁の思い出である。

その高浜湾の先まで、浮体堤が延長されている。それをさらに延ばし、湖畔を「スポーツゾーン」にするという。好漁場の四王・高浜沖をボートの占有水面にしてしまうやり方である。それでいいのか。漁業のことが置き去りにされている。茂勝さんは浮体堤の延長工事が行われる前に八十四歳で他界された。茂勝さんの『諏訪湖の恵み』の「まえがき」が胸にしみる。

諏訪湖について書くには、まず何よりもこの湖が、全国一の恵まれた湖水であったと実感できることを特筆すべきであろう。魚類の豊富であったこと、淡水魚として最高に味のよかったこと等、天恵的な湖水であったことを忘れてはならない。（…）現在の溜池同様になった諏訪湖を見るにつけ、昔の諏訪湖から受けた恵みは、忘れることのできない過去の事実である。淋しく思い出される過去ばかりであるが、人間には変えることの出来ない世の移り変わりと思うのみである。

茂勝さんの本を机に置いて、川村は四王湖岸へ向かった。よく晴れて、街は小路の隅まで明るい。朝の最低気温はマイナス六・七度、ほぼ平年並みの凍みで、自転車を走らせてもさほど寒さは感じない。午後四時二十分、雪の残る湖岸に立った。遠く正面に、ほの白い富士がすっと空に浮かんでいた。この冬いちばんの晴れ姿といった風だった。いよいよ大気が乾き、澄んできている。日没まであと四十分だが、太陽はみずうみの西山の上にくもりなくかがやき、雲ひとつない空の青は底しれぬ黒味をおびて、みずうみの眺めは明るすぎるほどに明るい。浮体堤の向こうの湖水は藍色をおびて横にひろがり、堤の内側の湖面は、さざなみが西日にきらめきながら、わずかな北風に押されて東へ東へと川が流れるように動いている。白衣の遠富士へ目をもどすと、かすんで見える山膚《やまはだ》の西半分が、かすかに、茜《あかね》色に染まりはじめていた。

とうもろこし畠の家

ある人が見せてくれた明治の日本画家西郷孤月《こげつ》の「台湾風景」の図版を眺めて、意外の感にうたれた。その絵は横幅の大作である。手前にまばらに高く立つ檳榔樹《びんろうじゅ》（？）の向こうに平原がひろがっていて、その中央に工場らしき四角の建物が見え、遠くに突兀《とっこつ》とした高峰が描かれている。画面はあくまで晴朗、明るく乾いて爽涼の気を感じさせる。台湾といえば大半が亜熱帯、南部は熱帯に属して湿潤な風土という先入観が私にあった。その台湾でも高原地帯はこんな様子なのかと教えてくれる絵でもあるのだが、私が少年の日に目にして強い印象として残っている台湾の絵とあまりに隔たりがおおきかった。

少年時代に眺めた台湾の絵も日本画だった。蕭条《しょうじょう》とふりしきる雨に濡れそぼつ台湾の民家らしきものが描かれていて、緑濃い樹木の蔭の家は強い雨のゆえか形がおぼろなほど、水分をたっぷり含んだ緑が充満する絵だった。熱帯の雨に降り籠められている気分を味わった覚えがある。それを見たのは中学同級生の家の小さな離れ座敷だった。そこに聾唖《ろうあ》の老画家夫妻が住んでおられて、そこへ同級生がつれていってくれたのだった。六十歳くらいに見えた画家は盛夏なのに黒っぽい、上品な着物姿だった。小柄だがふっくらとした顔立ちで色白だった。友人が私を引合わすと画家はにこにこと品のいい笑顔をかえしてくださったが、言葉はなかった。友人が、台湾で描いた絵だと説明すると、画家はうれしそうに目をかがやかせて絵を指さし、何かいいたそうに唇を動かしたが、その意味を解することはできなかった。絵は五〇号くらいだったろうか、かなり大きな絵を二点並べて小さな座敷の壁に立てかけてあって、もう一点も同じような絵柄だった。うす暗い座敷なので絵はさらに翳ってみえた。

そこへ奥様が顔を出されたが、やはり着物姿で、浴衣ではない黒い夏物を着ておられて品があった。この方も聾唖者だった。画家と兄妹かとおもわせるほど似た面差しで、田舎少年の私ににこやかな笑顔を向けてくださった。会話ができないのでわずかの時間しかそこに居なかったようにおもう。同級生は、画家は台湾からの引揚者だと話したような気もするが、記憶が定かでない。私がそう想像したのかもしれない。そもそも、絵を見せてもらいたくて同級生の家に行ったのではなかった。夏休みになって、家へ遊びにこないかとその同級生・塩崎君に呼ばれて（諏訪では招かれることをそういう）四、五人の仲間でおしかけて行き、このついでに、画家の住む離れへ行ったのだったが、この老画家夫妻の面影と台湾の絵の記憶は私のなかにずっと残り、何かのときに浮かんでくるのだった。

塩崎君の家は、高島城址の裏手から南の豊田村へ向かう直線の道沿いに並ぶ旧武家屋敷の一つだった。お城に続く一郭なので中級以上の家格だったのだろうが、なにしろ諏訪は三万石の小藩、家老でも千二百石取とかいうありさまなので、中級の武家といっても細いたつきであったろう。家も質素な板葺き平屋建て、切妻妻入りの造りだったと記憶する。それでも表口には古い式台が残っていたが、普段は使われていないようで、私たちは横手の戸口から出入りした。敷地は割にひろく母屋のまわりは畠にしてあって、とうもろこしが勢いよく丈をのばしていた。

終戦から四年目の夏だった。戦争が終わっても一年余「国民学校」を卒業するまでは、軍国主義教師の手本のような担任が支配する恐怖の教室ですごさなくてはいけなかった私には、新制中学校はまるで天国の学園だった。平和にはなっても食糧難がつづく苦しい時代ではあったが、私たち「こんぴーども」（と初老の教師は呼んだ）は思いっきりの自由を満喫し、毎日を楽しんでいた。授業さえも楽しくてならなかった。三年生になって高校受験をひかえていたが、学校の授業を聞いていさえすればどこの高校でも受かるという気持ちがあって、私は受験勉強というものをした記憶がない。私ばかりでなくて、みんなが同じような気分だったのではなかろうか。

それに私のクラスは、女の子に飛び切りの秀才がいたが、男子はどんぐりの背くらべで、だれが一番でだれが二番だかいっこうにわからず、だいたい、そんなことには関心がなくて、わけへだてなく入り乱れて遊びくらしていた。

そんな中学生暮らしをしていて夏休みに入る前の日、塩崎君からお呼びがかかったのだった。おれの家で合宿をしようや、といったような誘いだったとおもう。私は塩崎君と特に親しくしていた記憶はないので、どうして私が塩崎君の選に入ったのかはわからない。行ってみたらクラス一番の人気男の名取君がいた。マセていた名取君は一級下のT子を連れてきていた。当時としてはガールフレンドを同伴するなんてめずらしいことだったが、東京からの疎開っ子の名取君はやることがスマートだったのでまったく違和を感じなかった。そもそもT子が彼のガールフレンドであったかどうかもわからない。ふだんから遊んでやって手なずけている近所の子が、勝手に名取君についてきたのかもしれなかった。そのように名取君はだれからも親しまれる兄貴的な少年だった。T子はすらりとしたからだつきの女の子で、どことなく垢ぬけしていたが、物おじしない性質のようでたちまち私たちの間にとけこんで、ワイワイガヤガヤの馬鹿さわぎの仲間になっていた。

そのときの仲間だが、私と親しかった相川君と長田君がいたことは覚えているが、ほかに二、三人いたはずなのに、それが誰だったか思い出せない。相川君は後に地方紙の記者になったが、新聞社の派閥争いが嫌になったとかで機械金属関係の会社に転じ、定年後は労務のコンサルタントのようなことをした男である。長田君は実におっとりした好漢で、商業科の高校を卒えて優良企業に勤めたが、後に脱サラして甲府で蕎麦屋を開業し分店を出すまでになり、房総鴨川に別荘を持ったからといって私を誘ってくれたのに、心臓に障害があってあっけなく逝ってしまった。

塩崎君も疎開っ子だった。「合宿」に呼んでくれて行ってみたら、両親は見えなくて彼は中学生なのに独り暮らしだった。両親は先に東京へ引きあげ、塩崎君だけが疎開先に残っていたようだった。塩崎君は離れの画家の住まいに声もかけずに上がって行ったので、画家は塩崎君の親族と想像された。おそらく、聾啞の画家夫人が食事の用意などして塩崎君の面倒をみていたのだとおもう。

「合宿」は泊まり込みではなくて一日だけの遊びだった。がらんとした風通しのいい座敷ではしゃいでいただけのことだった。五目ならべのような遊戯盤があって、私は名取君と対戦した。名取君は例によって仲間をおちょくり（からかう）ながら私を相手にしていたので、私は軽く名取君を破った。名取君はそんな敗戦を悔しがる風はなかったが、名取君の脇に座って観戦していたT子がきつい目になって私に勝負を挑んできた。T子はうんうんうなりながら駒をすすめたが、私が簡単に攻防を制した。T子はもう一度といい、また私が勝ってしまった。年少の女の子に勝ちをゆずればいいものを、野暮天の私にそんなイキなふるまいが出来るはずなかった。

遊びつかれたころ塩崎君が、畠の「モロコシ」をゆでて食おうと言いだし、みんなが外へ飛び出して、てんでに好き勝手にモロコシをもぎ取った。みんなが粗暴なふるまいだった。手にいれたモロコシはどれも身がいっていて、竈《かまど》の釜に塩をふりまいてゆで上げたのを悪童一同むしゃぶりつくようにして食べた。あんなにうまいモロコシを口にしたことは後にも先にもない。ついでに畠のトマトをむしり取ってきてみんなで頬ばった。熟れて割れ目の入っているトマトだった。これも甘くてこの上ない味だった。

だが、その日のことを思い出す度にこころが痛んだのは、あのモロコシとトマトは、聾唖の老画家夫妻が、とぼしい配給の食糧の足しにとつくっていたものではなかったのか、ということである。乱暴に畠あらしをしてしまったという自責の思いである。少年の日に犯した無法行為だった。子供は残酷な生き物である。老画家夫妻のくもりのないおだやかな笑顔を思いうかべるたび、私を苦しくさせた。

塩崎君は夏休みが明けると登校しなかった。担任は、塩崎君は東京へ転校したとだけ話した。その担任の話をクラスの一同はふうんという顔で聞き、それきりみんなが塩崎君のことは忘れてしまった。その後も塩崎君のことを話題にする者はなかったのである。私も塩崎君がどんな顔の少年だったか、どうしても思い出せない。「合宿」のことと、台湾の絵と老画家夫妻のことしか記憶にないのである。私が高校へ進学したとき、塩崎君は早稲田高等学院に入ったらしいと誰かから聞いた覚えがあるが、それが誰だったかも覚えがない。中学卒業のとき在籍しなかった塩崎君の名は、中学同級会の名簿に載っていないし、同級会のとき塩崎君のことが話に出たこともない。塩崎君はそれほど希薄な存在だった。もしかしたらクラスで男子一番、二番とかの優等生だったのかもしれないのに。

これに対して同窓会で必ず話題になるのは名取君である。彼こそはわがクラスのスターだった。同年とはおもえないほど大人びていたが、女の子にへんなちょっかいを出すようなことはなくて、女子にも人気があった。名取君の特技は急所つかみの悪ふざけだった。油断しているとぎゅっとつかまれてしまうのである。名取君は野球部のショートストップをしていて運動神経は抜群、彼のワルい妙技には誰も対抗できなくて、男子は総ナメにやられた。だから廊下で名取君が近づくと男子はみな一斉に、急所へ手を当てて防御の構《かま》えをとったものである。私も彼の横を通り過ぎて油断したとたん、横からすっと手が伸びて見事にぎゅっとやられたことがある。「まいった」と彼の神技に脱帽した。

クラスの話し合いが長引いてうんざりしたことがあった。セイギ派の女の子のリーダーの発言を名取君がまぜっ返したのに対して、マジメな女の子が「もっと突っ込んだ話し合いをしなくちゃあダメ」というと、名取君は間髪を入れずに「あ、そう。ほんとうに突っ込んでいい？」とやって女の子を沈黙させた。「あ、そう」は昭和天皇の口真似だった。

そんな調子に女の子たちをへこましても、名取君が女の子たちに睨まれたりしなかったのは、彼の人徳に違いない。学校の文化祭で、私たちの学年が原作「レ・ミゼラブル」阿木翁助翻案の「銀の燭台」を上演したとき、名取君は選ばれて牧師役を好演した。急所つかみの名人がすました顔で牧師を演じているのが可笑しかった。その文化祭に、各クラスが教室の廊下に絵などの作品を展示した。わがクラスは全員の版画を張り出したのだが、そこへT子が別棟の校舎からわざわざやってきて眺めていたことを覚えている。T子は名取君の版画を見にきたのだなとおもったことだった。

名取君は卒業式を終えると帰京し法政二高へ進学した。野球部へ入ったということだった。当時、法政二高は高校野球の名門だったとおもう。しかし名取君は野球では芽が出ず、会社員になったと聞いた。どういう会社なのか聞いていないが、とくべつ出世もしなかったようである。三年に一度の中学同年会にも顔を見せたことがない。疎開先の田舎町にそれほどの思いはないのかもしれない。同年会の幹事の話だと最近は体調がすぐれないようだということであった。

さて、塩崎君のところでみた台湾の絵のことだが、西郷孤月の「台湾風景」を観てから、改めて老画家と台湾の絵のことを確かめたくて相川君に電話してみると、意外にも、おれは見てない、という返事だった。塩崎君の「合宿」には参加したが、離れに行った覚えはないというのだ。ふしぎな気持ちになった。もしかして、離れの老画家のところへ連れていってもらったのは私だけなのだろうか。誰かと一緒だったという気もするのだが、思い出そうとしてもはっきりしない。T子は一緒ではなかった。そのことは妙にはっきりわかる。おくての私は異性をあまり意識していなかったが、それでもT子が居合わせたら覚えているとおもうのである。当時私は中学の絵画クラブの部長をしていた。とくべつ絵が上手というわけではなかったが、どういうわけかそうなっていた。それで塩崎君が私を画家に会わせたのかとおもってもみるのだが、絵画クラブの部長なんてわずかな人数の部員しか知らないことなのだから、そんなことはありえない。とするとどういうことなのだろう。それがよくわからない。ふしぎな夏の記憶だが、上品な老画家夫妻と台湾の絵を見た記憶は私のだいじな財産になっている。

その後ずっと、折にふれ聾唖の画家夫妻とその絵を思い出すことがあった。お二人とももうこの世に居られない人とおもわれるが、濁りのない人なつかしそうな老画家の眼差しと、奥様のつつましくうつくしい笑顔は忘れられない。後に幾人かの画人と知り合いになって、その老画家のことを持ち出してみたが、諏訪にそんな画家が居たと知っている人とは出合わなかった。塩崎君は消息不明で、ほかのクラスの同学年生の誰彼に当たってみても塩崎君のことを知っている者はいない。何しろ一学級六十人、一学年十二クラスの大校だったので、同年生といっても印象が薄いのである。塩崎君？　知らんなあという答えが返ってくるばかりである。だから台湾の絵をみせてくださった画家がどういう人であったか追求する手がかりがない。夏物の着物が身についていた老画家は、専門的な画人であったかもしれないのだが、一時的ではあっても諏訪に住みながら諏訪でその存在さえ知る人がいないのだから、無名に終わった人に違いない。

その台湾の絵で思い出されるのは緑の氾濫である。その中に強すぎるほどの青みを帯びた縦線があったことがつよい印象になって残っている。息苦しいほどに降りしきる雨に閉ざされた小世界だった。台湾の風土の魅力を伝える力作であった。

老画伯はどのような経歴の人だったのだろう。どこかに絵が残っているのだろうか。何もわからない。このように、世に知られず埋もれていった画人はいっぱい居ることだろう。だがそれが画人の宿命なのだ、ともおもう。

ところで、西郷孤月の「台湾風景」を見せてくれた宮島氏は「孤月会」の人である。西郷孤月は長く忘れられていた画人である。その孤月をしのぶ松本の人たちが会を作って、埋もれている作品の掘り起しを進めているとかで、孤月は諏訪で画会を開いた縁があり、手がかりがあったら知らせてほしいということであった。編集者の私のところへはこの種の話がときどき持ちこまれる。私は、諏訪市美術館にある孤月の絵「波濤月雁図」以外におもい当たることがなかったので、文物の収集で知られたタケヤ味噌の故藤森伝衛翁が遺した文庫「竹屋会館」に照会してみるようすすめたところ、三点だかの孤月作品が所蔵されていることがわかったということであった。

このように、時を経て郷里に追慕する人たちを得た孤月は幸運な画人である。

諏訪出身の党人作家藤森成吉が画人評伝『知られざる鬼才天才』（昭和四十年刊）で孤月を紹介してから、孤月再評価の機運が生まれたことは私も知っていた。孤月は明治六年、松本に生まれたが育ったのは東京神田という。上野の美術学校の第一期生になって、同期の横山大観、下村観山、一期下の菱田春草《しゅんそう》らとともに日本画の革新に取り組んだと成吉の本にある。没線描法をこころみて当時の世人から「朦朧《もうろう》派」と揶揄《やゆ》された一人というわけである。将来を嘱望されて美校の教授橋本雅邦《がほう》の息女と結婚し、岡倉天心《てんしん》に従って日本美術院の旗あげに加わったのに、一年足らずで結婚生活が破綻してから何かがくるっていったのか、春草らの第一線の活動から離れてしまったことがわかっている。離婚の直接の原因は孤月の放蕩《ほうとう》とされるが、狩野《かのう》派の後継者である岳父雅邦との確執もあったとする説もあるようだ。

孤月会が編んだ年譜を見ると春草、大観がインドへ行き、また天心とともにアメリカを旅したときに孤月は加わっていない。若き日に海外の美術に触れて才能をのばす機会をえられなかったわけである。それからの孤月は地方を歩く境涯になったようで、最後は台湾へ渡り、病を得て帰京し三十八歳で早世した。明治が終わった年だった。訃報は新聞に出たが、以後孤月の名は画壇から消え、顧みる人もなかったのだが、藤森成吉が『知られざる――』を上梓する二年前に、美術史家野間清六が松本史話会の雑誌で孤月を紹介して、一部の人士に孤月の存在が知られたということである。

ともあれ西郷孤月は復活した。松本市美術館も孤月作品の収集を進めて「台湾風景」もその一点という。その図版をみせてくれた宮島氏の話によると、これが孤月の絶筆と考えられ、孤月が台湾総督府の民生局長に同行して阿里山《ありさん》に登っていることがわかっていて、絵に描かれている建物は砂糖工場とおもわれるということであった。高山の描法に鋭いものがあって、澄明な空の遠さと手前の叢《くさむら》の精緻な描写にも惹かれるのだが、平原の彼方に見える無味乾燥な工場らしき建物を几帳面に描いてあって日本画には異物にみえる。しかもその四角ばった建物が絵の中心にあって、観る者の視線は自ずとそこに収まる。工場の建物が無かったらこの横長の大画面は保《も》たないかもしれない。全体があっけらかんと明るく、図版を見せられたとき私は「これって、総督府か精糖会社の依頼で描かれた絵じゃぁないの？」と率直な感想を口にしてしまった。私には入魂の作とはおもえなかったのである。もっとも、工場を描きこんだところに近代日本画の新しさがあるとはいえるのかもしれない。この絵の来歴がわかればいい。これと同じ絵柄の作が山種美術館にもあるということである。

諏訪市美術館に収まっている「波濤月雁図」は特異な作である。月明の海景で、崩れかかる波頭をかすめるように飛ぶ雁の列がやや乱れて、その描写に悲愁がある。それでいて玲瓏たる画面だが、異様におおきく盛り上がる一つの浪が絵の眼目になっていて、観る者に畏怖を覚えさせるものがある。藤森成吉の書斎にあった絵で、成吉没後、藤森家から寄贈されたのだが、もとは成吉の父、藤森英一郎の所蔵だったことがわかっている。

藤森英一郎は上諏訪角間町（現諏訪市）で薬種商を営んだ老舗「大坂屋」の跡取りだが、慶応義塾に学び、絵に親しんだ趣味人だったらしい。独り息子の成吉に、小学生のときから英語を学ばせる一方で、日本画の先生の許へ通わせて絵を習わせたという人物であった。成吉も自ずと絵が好きになったようで、遺品の中に小学生のとき描いた巧みな鶏《にわとり》の墨絵があって、成吉の長子岳夫が刊行した成吉の評伝『たぎつ瀬』にその写真がおさまっている。諏訪中学校で成吉は絵で注目され、将来は絵描きになると見られていたということである。同期に、後にフォービスムの画家になった伊那朝日村出身の中川紀元がいて、こちらは漢学塾を開いていた父親の薫陶を受けて抜群の作文を書き、将来は作家になるだろうといわれていたが、二人の進路は交差し逆になったというエピソードがある。

このように成吉はもともと絵に親しんだ人であった。白樺派に近い人道主義的な小説で文壇に出たが、ロシア革命が起きてから左傾して戯曲『何が彼女をさうさせたか』など書いてプロレタリア文学の陣営へ身を投じた。共産党への資金提供の嫌疑で拘禁され転向・釈放を経験して歴史小説に転じ『渡邊崋山』の長篇がある。国民文学をめざすと序文に記しているが、時代小説風のところがあって鷗外の歴史小説とは隔たりがある。戦後は中野重治《しげはる》や田中英光《ひでみつ》が離れていった党にあえて入党して、律儀な左翼作家として主に前進座むけの戯曲を書いたが、画人伝『知られざる――』が戦後の代表作といっていいのではなかろうか。美術への関心が実を結んだ仕事であった。成吉はこの本で、幕末下諏訪宿にかくれ住み葡萄《ぶどう》と鷹の図を得意とした天龍道人《てんりゅうどうじん》もとりあげている。

成吉は父親が愛蔵した孤月の「波濤月雁図」（成吉の命名か）を日夜眺めて孤月の画技に感じ入り『知られざる――』にとりあげたものとおもわれるが、そこには父英一郎への思いもこめられていると感じられる。成吉は父親の期待にそむいて文学の道へ進み、英一郎は、江戸時代から続いた家業の「大坂屋」を廃業した。成吉は故郷の生家を売り払い、菩提寺の藤森家累代の墓も継いでいないようである。

大坂屋藤森英一郎が孤月の「波濤月雁図」を手に入れたいきさつは明らかでないが、年譜によると孤月は、明治三十八年十二月から翌年一月にかけて上諏訪本町の旅館「牡丹屋」に投宿していて、その前後の孤月の動静からみて絵の頒布を目的にしての滞在であったと推定でき、この折に藤森英一郎と接点があったかもしれない。

明治三十八年といえば諏訪の製糸業が「信州上一番」のブランドを確立して国内首位の座を固めていたころにあたり、同年十一月には中央線上諏訪駅が開業している。日露戦役の財政難から中央線の敷設工事が小淵沢駅までで中断されたのを、岡谷諏訪の製糸家たちが国債を買って岡谷までの延伸を実現させたのだった。孤月は鉄道開通直後の諏訪へ乗り込んできたわけである。諏訪盆地がシルクラッシュにわいていたころなので、製糸家の中にも孤月の絵を求めた人があったのではなかろうか。孤月が止宿した牡丹屋は諏訪郡役所の正面前にあって、明治帝巡幸の御小休所にあてられた宿だが、今は損保会社のビルになっている。年譜を見ると孤月は、明治三十七年の夏から地方巡歴のひとり旅に出て、松本に滞在したあと大町「対山館」と長野「小妻屋」で画会を開き、翌三十八年春には赤穂町（現駒ヶ根市）の某氏の招きで伊那谷入りし、九月には春草の生地飯田町（現飯田市）を訪れて「蕉梧堂」に投宿、土地の「南信新聞」に米欧漫遊の資金を得るための絵の頒布会をすると語っている。この飯田画会を終えて諏訪へやって来たのである。

このように地方めぐりをして稼いでいた孤月は、画壇復帰の執念を胸に焦燥していたのではないかと想像する。高価な顔料を使う日本画で稼ぐことは容易ではない。いわゆる「売り絵」も描いたであろう。地方に沈潜し消耗して大作をものすことができなかったのか中央の団体展への出品がないようである。

明治四十五年三月、台南《たいなん》まで流れて絵の頒布をしているが、支那へ渡ろうとしていたといわれる。大陸の風物をさぐり画壇をおどろかす大作の構想を得ようとしていたのだろうか。だが七月、風土病に罹《かか》ったのか台北へ向かう船中で激症を発し、台北近くの温泉場で療養したらしい。なんとか帰京できたが八月末日、本郷駒込富士前町の自宅で死を迎え画壇復帰は果たせなかった。

「朝日新聞」の訃報は、孤月が台湾で精神に異常をきたしていたことに触れている。孤月の最期を知るらしい従弟が、丘草太郎の名で文芸誌『假面』第二十号に「故人の三周忌にのぞみて」の副題をつけて発表した戯曲「死への階段」で、孤月を思わせる人物の狂気を書いている。日夏耿之介《ひなつこうのすけ》の詩も載っている雑誌である。この従弟は神戸の富家に育った人物らしい。台湾で窮地に陥っていた孤月をこの従弟が救出し、東京へつれ戻したのではなかろうか。戯曲にそうは書いてないが、これは戯曲を読んでの私の想像である。

孤月を悲運の画人とする評がある。東京美術学校の第一期生にして春草、大観の盟友という輝かしい履歴がそういわせるのだろうが、孤月がもし順調に出世して画壇の大家になったとしても、孤月の絵が歴史に残りえたかはわからない。孤月は大観らと轡《くつわ》を並べて新境地の開拓に執念を燃やしていたころ、絵の共進会で二等賞と銅牌を得ていても一等賞はとれずに終わっている。賞だけでいうわけではないが、決定打を放てなかったということはあるとおもわれる。画技は雅邦に認められただけのことはあるに違いない。作品のどれをとっても典麗な画面である。だが、頂点に立てない何かがあったかもしれない。才能というほかない問題ではないか。孤月の代表作とされる「春暖」を観《み》る。白い芥子《けし》の花が群れ咲く中に一頭の白馬が立つ絵である。うららかな春の陽に馬は目を細め睡りに誘われているようである。一点のくもりなく、たしかにうつくしい。明治の新しい日本画である。だが、いささか古風な甘さがあって、二十一世紀に呼吸する私にはすこし退屈に感じられる。純白の芥子の花ばかりやたら多く描いてあって陶然となれないのだ。本質的な革新性に欠けると感じるのは私だけだろうか。春草の「黒き猫」「落葉」とあわせ見るとそこに大きな隔たりがあるようにおもう。天才を謳われる春草――天心は、三十六歳で早世した春草を「不熟の天才」といって惜しんでいる――とくらべるのは酷かもしれない。春草、大観を追おうと苦闘した孤月の苦しみが身に迫る。

孤月は身近に春草、大観と接して彼らの才能におののきを覚えたことがあったかもしれない。俊才の研ぎ澄まされた神経に射す影をおもってみるのである。それに蕩児孤月は、集中力をふるわねばいけない時期にぬかりがあったのではないか、ということは言えそうである。孤月は美校時代、天心に選抜されて京都で古画の模写に従事したとき、花街に遊んでから度の過ぎた遊びに惑溺するようになっていったという。野間清六の一文には、大観から聞いた言葉として「私たち天心先生に率いられて、随分飲み歩きましたが、孤月君は少しひど過ぎましたよ」とある。とにかく孤月は天心から離れてしまった。

しかし不遇は多くの画人の宿命であって不運でもなんでもない。天分のしからしめるものというほかないのではないか。歴史に残れるのは真に独創の世界を拓いた才能しかない。いっとき画壇に時めいても本ものでない者はたちまち色あせてゆく。早い話、ひところもてはやされた東山魁夷《ひがしやまかいい》だって？　だと私はおもっている。

郷里の人たちから顕彰され哀惜される西郷孤月は幸福な画人である。

残酷な美の世界に踏み込み、身を焦がして美を追い求めて果たせず、埋もれていった絵かきは数かぎりなくいることだろう。私の思いはそうした画人たちの上にゆく。とうもろこし畠に囲まれた小さな家で、しずかに微笑んでいた聾啞の老画家と夫人の面影が目に浮かぶ。

榧《かや》の木平

——ごめんください。

——どなただね。

——町役場の者ですが。

——あっ、役場の人かね。山田さんじゃないだね。ちょっと待っとくれ。立つのが難儀で、すぐに出られんで。

——承知しております。お待ちしますから。

——待たせたね。もうしわけない。こういう調子だもんでな。

——はじめまして。わたくし、住民課のウエマツヨシトともうします。

——住民課？　わしの係は福祉課の山田さんだが、あの人、異動になったんかねえ。

——いえ、山田君は変わりないです。今日は福祉のことではなくて、ほかのことでまいりました。

——ほかのこと？

——はい。その前に、確認させていただきます。あなた様は小松一太郎《いちたろう》様、七十六歳でいらっしゃいますね。

——そうだが。

——お母さまの小松ヤエさまは、百三歳におなりですが、こちらにいらっしゃいますか。

——おふくろに、何の用事だい。

——ショザイカクニンの調査にまいりました。

——どういうことだい。

——はい。あの、テレビのニュースでご存じだとおもいますが……

——テレビは見とらん。

——テレビ、無いのですか。

——地デジとかの電波になって、キカイつけるのが面倒でな。

——そうですか。新聞でも報道されていますが。

——新聞は取ってない。

——ラジオは？

——ラジオはあるさ。

——そのラジオでも報道されているとおもいますが。

——わし、耳が片方、すこし悪くてな、ややこしい話なんかは、よくわからんです。どういうことずらか。

――はあ、そのう、百歳をこえた方で、所在のわからない方がたくさんいらっしゃることがわかって、全国で問題になっておりまして、町でもジッタイをハアクすることになりました。それで、小松ヤエ様はお家にいらっしゃらないようだと、民生委員さんから報告がありまして、確認にあがった次第です。

――それは、民生委員の人に話してあるに。

――はい。なんでも、ヤエさまは、飛騨のお里のほうにいらっしゃるというお話だと、民生委員さんからうかがっております。

――そうだよ。

――そうですか。そのことを、くわしくお聞かせください。

――おふくろのことなら、みんな話したいさ。

――ありがとうございます。そのヤエさまのお里が、なんという所か、教えていただけませんか。

――それはな、岐阜県恵那郡檜山村大字笠山字栃尾五番地、お里の家《え》は鈴村つうんだ。仏壇に、覚えに書いた紙があるさ。それを見せるで待っとくれ。……な、これが覚えだ。わしが、おふくろから聞いて書いといた紙さ。な、このとおりだ。違ってないね。

――はい、違いありません。

――そうかい、おふくろのことを、役場で調べてくれるかい。ありがたいことだ。ぜひ調べておくれ。どうかお願いします。

――わかりました。それでは失礼します。

――ごめんください。町役場のウエマツですが。

――おお、ウエマツさんかね。ちょっと待っておくれ。

――いいですよ。

――どうも。お世話かけるね。で、どうだったね、おふくろのこと、わかったかねえ。

――はい。檜山村の役場へ照会したところ、小松ヤエさま百三歳の住民登録はないし、栃尾五番地の家は空き家になっているということでした。そして、鈴村さんという家のことですが、確かにその番地に、鈴村タネオさんとヨシさんいう夫婦が住んでいたことがわかりましたが、タネオさんは昭和四十六年に亡くなり、ヨシさんも昭和六十二年に亡くなっています。タネオさんにはヨシオさんというお子さんがあって、ヨシオさんは昭和三十三年に名古屋市へ転居しています。そこで名古屋市へ問い合わせましたが、この方は平成十九年に死亡なさっています。奥さんはなくて、同居人もいなかったことも確認しました。小松ヤエさまは、檜山村にも、名古屋市にも行っておられません。

——そうだったかえ。……わしは、おふくろが居なくなって、檜山村の鈴村の家《え》へハガキを出しただが、戻ってきたです。せつねえなえ。そうかえ、役場が調べてくれてもわからねえかい。

——ほかに、ヤエさまの行方でなにか、こころ当たりはありませんか。

——それが……。やっ、こんなとこじゃなんだで、上がって話を聞いておくれ。

——じゃあ、お邪魔します。

——むさい所でもうしわけないね。

——涼しいお住まいですね。

——風が通ってな。そのけえし、冬はすきま風だらけで、こたえるです。根太がゆるんでるし、地震がくりゃつぶれるら。製糸で働いとったおやじとおふくろが買った家さ。建ててからもう八十年になるら。ふた間っきりのこんなボロ家でも、持ち家だもんで、わしゃあ、こうして暮らしていられる。おやじと、おふくろのおかげさ。

——お父さんの小松善治さまは、昭和四十八年にお亡くなりになっていますね。

——なんでも調べてあるだな。そうだ、昭和四十八年の正月だった。パーキンソン病が進んで長いあいだ寝とったが、おふくろは、糸を取りながらよっく面倒みてな、おやじは床ずれもなかった。おやじぐれえ幸せな男はいねえさ。おふくろは、㋕《まるか》製糸がやまるまではたらいてたです。丸カ、知ってるら？

——はい。町に最後まで残っていた製糸場でしたね。七十歳、八十歳のおばあさんたちが糸を取っていて、テレビで紹介されましたね。

——おふくろは、小さいときから糸取りでな、わしら夫婦が共稼ぎだったので、わしの息子が小学校をおえるまで面倒みてくれて、それからまた製糸へ行って、八十すぎまで糸を取って、わしらを助けてくれたです。からだが丈夫で、糸を取るのが張り合いだっていっていたです。

——ヤエさまは、ずっとこの家におられたのですか。

——そうさ。この家はおふくろの物だに、俺たち夫婦に遠慮して、出て行ったです。

——出ていかれたのですか。それはいつのことですか。

——平成五年の六月だ。そりゃあもう、はっきり覚えてるさ。

——ヤエさまは、お幾つでしたか。

——八十五だったですよ。そのトシで出て行ったさ。せつねえ。俺は、なんということをしちまったんだ。ううっ……。

――どうして出ていかれたのですか。

――俺が悪かった。俺がもっとしっかりしとりゃあ、こんなことにゃあならなんだ。もうしわけねえことをしちまった。

――お話を聞かせてください。

――……そうかい、そうしておくれ。渋っ茶だがのんどくれ。空っ茶で、もうしわけないね。

――頂戴します。

――おふくろは、百姓家の生まれでな、小学校を四年でおえて製糸へ働きにきたのだそうですよ。そのころは、四年で卒業したって話だが、昔はそうだったのかねえ。おふくろは、明治四十一年の生まれです。歩いて峠を越えて、木曾のなんとかいう駅から汽車に乗ってな、岡谷の⼌《やまに》製糸場へきて、最初の一年は社長の家の子守りをしたって。それから工場で糸取りを習っただが、御飯場で立って飯を食うのに、飯台が高くて、十歳だか、十一歳のおふくろは、顔が飯台くらいしかなくてな、そのおふくろを見て、糸取りの姉さまが、涙をながしていて、なんで泣くんだろうって、おもったそうですよ。

――糸取りの仕事はきつかったですかね。

――いんね。おふくろは、そういうことを言ったことはなかったです。むかしは、製糸で働くのが当たり前だったそうだしね。しんぼう強いおふくろは、いい糸取りだったとおもうな。甲州のなんとかいう村から来ていた友だちに、村のお祭りに連れていってもらった話なんかしていたですよ。友だちの家に村の若い衆たちが集まってきて、ワイワイ騒いで面白かったってね。そんなことが思い出のようでした。そうそう、∧一に居たとき、関東大震災があってな、東京から逃げてきた人たちでぎゅうぎゅう詰めの汽車が、岡谷駅に着くのを見たって言っていたです。着く汽車、着く汽車がみんな、人がこぼれるほど乗っていたそうですよ。工場が線路ばたにあってな、見物したそうです。そうして、昭和のはじめころ、アメリカから大不況がやってきて、製糸場がばたばた倒産して、そりゃあえらい騒ぎになって、失業対策で、天竜川の掘り下げ工事なんかがあって、おふくろは、やっぱ失業対策で始まった和田峠の、トンネル工事の飯場の飯炊きに雇ってもらったりして、食いつないで、五年もしてやっと景気がもち直してから、下諏訪の入◯《マル》組製糸でまた糸取りができたそうです。その入◯でシャケン主任をしていたのがおやじです。

――シャケン主任って、なんですか。

――ボイラーの湯で繭を煮る係さね。繭の煮方ひとつで、糸を取る能率が違ってくるそうですよ。おやじが、おふくろを見染めて所帯を持つとき、この家を借りて、それから夫婦で稼いで、百円だかで買ったそうです。おふくろは、わしを産んで工場をやめてからも、この家《え》の軒先で、出し釜の糸をとって、おやじを助けていたそうです。

——出し釜って、なんですか。

——出し釜を、もう、あんたぐれえのトシの人も知らんのだねえ。むかし製糸工場で糸を取ったことのあるおかみさんたちが、家でやっていた内職さね。糸屋というのがあってな、釜つきの、踏み取りの器械を貸してくれるだね。そいつを軒先なんかに据えてさ、マキくべた釜で繭を煮てな、足で踏んで糸枠《わく》を回して、糸を取るのさ。

——踏み取りの器械は、博物館で見ました。

——そうかね、博物館にあるかね。わしは、糸を取るおふくろのそばで遊んでいたです。おふくろは、夕方、糸枠をしょって糸屋へ納めにいって、次の日の繭をもらってきてね、年じゅう働きづめでした。そうやって糸取りで稼げたんだが、戦争で製糸がやまって、みんな困ったそうですよ。戦争が終わって、製糸が息をふき返したが、昔の勢いはなくてな、おやじは、五十釜だかの小せえ工場へ移ってた。おふくろは、もっと小せい㋕の工場へ糸取りに出たが、だんだん製糸が下火になってな、おやじの工場も閉業になって、おやじは、生れ在所の下伊那の、大鹿《おおしか》村の山仕事の出稼ぎに行ったです。そうだ。マキエのことも聞いてくれねえかい。

——奥さんのことですね。いいですよ。

——そうかい聞いとくれ。おやじはな、オグロ川なんかで、夜、カーバイトを焚いて突いたイワナなんかみやげに帰ってきてさ、親子三人で働いてたあのころが一番よかった。このボロ家が天国でした。

だが、わしが、同じ工場にきたマキエを家に入れてから、地獄になりました。マキエは出て行った女房です。マキエは片親そだちでね、母親は失対（失業対策）で土木の仕事をしていた人です。マキエは次女です。倒れそうな長屋に住んでいたですよ。わしは、そういうマキエに同情したのとな、わしのような貧乏人には、苦労したにんげんがいいとおもったのが間違いでした。マキエは根性がねじ曲がっていて、底意地のわるいことをするです。そういうことをしちゃダメだと言うと、よけい反発してな、これでもか、これでもかってやるですよ。おふくろも、さんざんの目にあわされたようです。それでもおふくろは、わしに、我慢おし、マキエさも、年がたてば善くなるらで、と言って、わしをいさめたものでした。

おやじは、しっかりした男だったですよ。マキエを見たときに、あんな女じゃダメだって言ったからね。それを聞かずに、わしがマキエを家に入れて、おやじはがっかりしたとおもう。おやじが山仕事から帰ったとき、マキエがつんけんしてトゲのあることを言ったもんで、おやじは「この馬鹿女」ってどなったことがあったですよ。そんなことはなかったおやじがです。そのおやじが死んでからは、マキエはやりたい放題さね。わしを見下してねえ、わしの言うことなんて聞かずかね。わしもいじれて文句いうとマキエは言い返して、言い勝つまでやめねえ。ケンカの絶え間がなかったです。おふくろは、ずっと糸を取って、家計をたすけてくれたです。あとで知ったことだけどねえ、マキエはおふくろの稼ぎも取り上げて、小遣いもろくにくれなかったそうです。カネ、カネってね、カネの亡者だったです。わしにも、もっと稼げって、文句ばっか言っていました。わしはマキエに給料をそっくり渡していたですが、マキエは自分の給料は隠していて、赤字だ、赤字だって、年じゅう目をとがらしていたですよ。そのころマキエは、病院の調理場で働いていたし、三人で稼いでいたので、そんなわけないとおもったですが、へんな話でした。

男の子ができて、マキエは厚生年金を掛ける仕事を続けるというもんで、おふくろが製糸工場をやめて、子んぼこを育ててくれたです。マキエは、息子があんたに似てるから可愛くないと言って、息子をいじめるですよ。そんなこと、考えられないら？　マキエはそういうことをしたです。マキエの父親は、女をつくって逃げたそうです。マキエの母親は、マキエが父親に似ているから憎いと言って、マキエをいじめたそうです。マキエは、母親にされたことを、わが子にしていたのだね。それでも、おふくろが家に居てくれて、セガレを抱きしめて育ててくれたおかげで、セガレは曲がらずにすんだです。だがマキエは、わしをグズだノロマだって言うもんだで、セガレはわしをバカって言っていたです。こんな親だで仕方ないがね。

恥を言うとな、マキエは大ウソをつく人間です。泣いてみせる芝居をしてウソ言って、同情を買うです。こういうことがあったですよ。ある日、近くのスナックのママがうちへやってきてねえ、いきなり、あたしは人様から後ろ指さされるようなことはしていません、つって、そりゃあどえらい剣幕でまくしたてたです。わしは、何がなんだかわからなんで、ぽかんとなってしまったですよ。ママは目が吊り上がっていて、からだを震わして言いたてるですよ。そりゃ恐ろしい顔でした。わしは、またマキエがやらかしたとおもったから、平あやまりにあやまって帰ってもらったです。セガレが保育園でその女の長男と一緒でな、マキエがその女のスナックへ遊びにいって、その女に、ああゆう人とつき合っちゃいけんと、婆さんとウチの人が言ったと話したらしいです。わしも、おふくろも、そんなことを言った覚えはないです。女があんなに逆上して怒鳴りこんできたのだから、マキエは余程のことを言ったんだね。それでマキエに、ウソをつくのは一番いけないことだって話してやったですが、マキエは気味わるい目をしてわしをにらみつけているだけで、ひとことも口をきかなかったです。口がうまくて、スラスラとウソが口から出てしまうらしいです。あれは病気かねえ。そんならあれは気の毒な女だいね。

そういう調子だもんで、病院にも居られなくなって、ダスキンの配達員だとか、いろいろやったですよ。どれも長続きしなんだが、ゼネコンの浅岡組の出張所が、飯場の炊事婦に雇ってくれてから、所長に気にいられて、機嫌よくやっとったです。そのうちに、わしが働いてた工場が、仕事を韓国に取られて、デンシの仕事に変わっててね、歳のいってたわしはリストラされたです。もう旋盤の仕事なんかなくて、ツブシのきかねえわしのようなもんは就職口ないですよ。それで、おやじの仲間だった人の口ききで、山仕事の出稼ぎにいきました。大鹿村の方の山奥です。おやじの生まれ在所の家は立ち腐れになっていて、飯田へ嫁にいった叔母は死んで、息子は愛知の方へ行ったですが、音信ないです。山仕事は危ない仕事でねえ、何年もやって慣れたのに、伐採作業で木に挟まれて大けがしたですよ。家へ帰ってきて寝ているとな、マキエは、共倒れになるで離婚すると言いだしたです。おふくろがおろおろして、そんなこと言わなんでくりょうって、マキエに頼んだですよ。近所でも心配してな、前の家の千代さと、三軒目のノブさはおふくろの糸取り仲間でな、マキエに意見してくれたですが、マキエはそんなこと聞かずかね。ヒステリーおこして荒れまくってな、おふくろを邪魔にしたです。

そのころはもう、㋕の工場はなくなっていて、おふくろは逃げ場がなかったです。おふくろの家だのに、四畳半をセガレに譲って、おふくろは台どこの隅に寝ていたです。息子は遅くできた子で、高校へ通ってました。おふくろは、わしが居ねえほうがいいで、里へ帰るって言いだしたです。そしてわしに、マキエさのいうことを聞いて、機嫌をそこねねえように暮らすだぞって、こんこんと言ったですよ。マキエにも、一太郎をどうか頼むって、頭をさげたです。わしはびっくりして、そんなこと言わなんでくりょうって引き留めたですが、おふくろは、里で面倒みてもらうで心配するなって言って、出ていったです。お里と言ったって、もうずっと便りが絶えていて、そんな所へ行けるのかっておもったですが、わしは腰が立たなくなっていたもんで、どうすることもできなかったです。マキエは平気な顔をしていたですね。

そうして、おふくろが居なくなったのに、マキエはどうでも離婚届にはんを押せって、まくしたてたです。あんまり剣幕がえらくてどうにもならなくなって、とうとうはんこ押しました。身ひとつでこの家へきたマキエが、セガレを連れて出て行くときは、浅岡組のトラックに家財道具からテレビまで積んでいったです。おふくろが作った布団もね。そうそう、マキエが荷を積んでいるのを見て、千代さは、マキエに「みんな、あんたが悪いだでね」って言ってくれたそうです。マキエはせせら笑っていたって。

マキエは家財道具ばかじゃなくて、貯金の通帳ももっていったです。もともとマキエの名で貯金していて、わしは通帳を見せてもらったことがないです。マキエが家を出ていってから、自分でやってみて、なんだ、家計はわしの稼ぎで、なから（だいたい）まかなえたと気

づいたですよ。後で知ったことだが、マキエはおふくろの国民年金も取り上げていたってい
うで、マキエは、自分の給料はそっくり貯めていたですね。マキエはどえらいカネを持って
るはずだ。カネができたで出ていっただね。わしなんか抱えて、カネ減らしたくなかっつら。
それればかじゃなくてな、マキエは浅岡組の所長と出来ていたことが耳に入ったです。所長が
甲州の人間で、遊び上手で、マキエをゴルフだスナックだって、連れ歩いていたそうですよ。
マキエは男に狂っただね。わしみてえの男じゃ、もの足りなんで居て、所長の女になって目
を開いたかねえ。所長からもカネ取っていたかねえ。所長は大月だかに家族がいる人間だそ
うです。あんまり派手にやらかしたもんで、所長はどっかへ飛ばされて、マキエは浅岡組に
居られなくなったそうです。

――小松さまが、町の生活資金を借りられたのは、そのころですか。

――調べてあるかい。その節はお世話になっただね。千代さが民生委員にたのんでくれた
ですよ。それでわし、五十八歳で年金もらうことにしたです。六十まで待てば満額おりるの
に、背に腹はかえられなんでな。年金は月十三万です。会社を早くやめて、山仕事のときは
国民年金だったで、よけい、年金が低いだね。年金をもらえるようになると、マキエのとこ
ろから専門学校へ行っとったセガレがやってきて、学費がたりねえでカネおくれっていうも
んで、マキエは大金もっとるでもらえって言ったらねえ、そんなことねえってえらく怒っ

て、サッシ窓のガラスとフスマの唐紙を蹴やぶったです。マキエは子をだますなんて、わけねえさね。わしもセガレは可愛いもんで、卒業まで月々三万くれたです。十三万の年金ぐらしだで、えらかった（たいへん）です。マキエは何をかんがえているだか、離婚しても小松の名字にしていて、セガレの籍はわしのところへ残してあるです。こんなボロ家でもとらせるつもりかねえ。セガレは千代さに可愛がってもらったもんで、わしの所にくると千代さの家へ寄ったです。その折にセガレが、オヤジからカネを絞れるだけ取れって、マキエが言ったと話したそうです。千代さは、マキエはおそろしい女だとあきれていたですよ。いえ、わしは、セガレを憎いなんて露ほどもおもってないです。マキエのようなおっかさまの子のセガレが不びんでならんです。セガレにはもうしわけないが、正直にいうとわしは、マキエが出ていったときはほっとしたです。今では、マキエをさらっていってくれた所長に感謝しているくらいです。マキエが家に居たら、わしは少しずつ毒の物をくわされていたかもしれんとおもうですね。へんな話をしてしまったね。

――年金の話が出ましたが、ヤエさまの年金はどうなっていますか。

——知らんです。

——年金を受けていらしたというお話でしたが。

——そうだよ。おふくろは、やっと年金をもらえるようになって嬉しいようって言ったですよ。わしは、それはよかったねって祝って、年金はおふくろのもんだで、自分で使っておくれって言ってあったですわ。ところが、おふくろが家を出ていった後になって、マキエがおふくろの年金を取り上げていたことがわかったです。おふくろが仲よくしていたミッチャが教えてくれたです。

——それはどういう人ですか。

——うちの隣に間借りして、農協へ勤めていた人です。北原三千子とこう書きます。わしより五つか六つ年上でした。おふくろになついてくれてね、マキエが居ねえときは、おふくろの顔を見にきてくれたし、あとで聞けば、おふくろも、マキエの目を盗んで、ミッチャの部屋へ行っていたそうです。ミッチャは、けっこう美人だったに独身でした。戦争中、村の男たちが兵隊に取られて、結婚できなんだって、おふくろに話したそうです。上伊那の山の中の松倉という村から出てきたひとだよ。定年になっても、農協の店で働いていたですが、お里の兄さが病気になって、看病に頼まれたで帰ると言ってお里へいったです。そのミッチャが、おふくろが出て行ってから一年ばかしてひょっこりやってきたです。兄さんが死んだで、おふくろの顔を見にきたと言ってくれたです。おふくろのことを話すと驚いてねェ、おふくろが、ミッチャをたんねて（尋ねて）松倉へ来てくれたって言うです。わしはほんとうにびっくりしたです。松倉は、それこそ山奥の、そのまた奥って所だそうです。ミッチャも、ヤエさんがどうやって来たずらか、って驚いたそうですよ。おふくろは、ミッチャンちに十日いたそうです。ミッチャのお里は椎茸《しいたけ》をつくっていてね、おふくろは、椎茸の取り入れを手んだって、こういう所でくらせたらいいねって、そう言ったそうです。ミッチャは、おふくろが、マキエにいじめられていることを知ってたで、ずうっと居てもいいよって言ったけど、おふくろは、いんね、そういうわけにもいかねえって言ったって。ミッチャも、あんまり引きとめて、おふくろが又いじめられちゃあいけないとおもって、みやげの椎茸もたせて、バス停まで見送ったと。椎茸をしょったおふくろは、ミッチャ、達者でなって言って、いい顔してバスに乗ったそうです。おふくろは、そこからどこへ行ったのかねえ。ミッチャは、せつないと言って泣いたです。おふくろを、じぶんの母親のようにおもっていたと言ってくれたです。

おふくろは、わしが家をあけたとき、マキエが飯をくれなんだりしたと打ち明けたと、そのとき、ミッチャが話してくれたです。わしは、そんなことまでされていたなんて知らなんだので、俺はなんという親不孝をしちまったんだって悔いたです。年金だけは、おふくろが使っていてくれるとばっかりおもっていたのに、おふくろはマキエに、年金の入る郵便貯金の通帳を取りあげられて、月に五千円しかもらっていなかったんだよって、ミッチャが教えてくれました。おふくろが、内緒にミッチャにだけ話していたんだね。そういうことを一太郎が知ったら、マキエとまたけんかになるで、ぜったいに話さなんでって、おふくろはミッチャに頼んだそうです。

——ヤエさまの貯金通帳はありますか。

——ないです。ミッチャの話を聞いて、通帳を探してみたですが、出てこなんだです。おふくろが持っていて、年金受けていてほしいです。

——マキエさんは今どこに居ますか。

——隣の市に居るようだが、住所は知らん。知りたくもないで。

——なにをしているかご存じですか。

——なんとかいうむずかしい名の老人ホームで、調理をしているって話が聞こえてきたです。年金取れるようになっても働いてるようです。カネの亡者だで、まだカネ貯めたくているんじゃねえずらか。

——息子さんは？

——マキエとけんかして家を出て、デンシの工場で働いているそうです。わしが貧乏こいているで、わしが死ぬまでこの家には寄りつかんら。

――わかりました。今日はこれで失礼します。

――待っとくれ。調べてもらいたいことがあるで。おふくろのことで、頭から離れないことがあるです。おふくろが、お里の昔のことを話してくれたのだがねえ、山の中に、榧《かや》の木平って所があってな、村のもんで年をとると、お山へゆくといってな、その榧の木平へゆくのだそうです。行ってから三年のあいだは、春と秋に里へおりてきて野良仕事を手んだって、夕方になるとお山へけえってゆくんだって。そういう話だったですよ。おふくろは、その榧の木平って所へ行ったんじゃあねえずらか。役場で調べてくれねえかい。

――それは、昔ばなしですね。そういうことはないとおもいますが。

――いんね。おふくろの言うことに違いはないです。おふくろは、お里へけえって、村の年寄りがゆく所へ行ったかもしれん。どうか調べておくれ。どうでも頼むで。

――いちおう、調べてみますからね。


――ごめんください。ウエマツですが。

――おおウエマツさん、上がっとくれ。

――失礼します。

――椹の木平のこと、調べてくれたかね。

――村役場に聞いてみました。檜山村の方には、椹の木平という所も、椹の木山という山もないそうです。

――おかしいなえ。おふくろは何度も、椹の木平の話をしてくれたですよ。椹の木平は温《ぬく》い所でな、陸稲《おかぼ》や稗粟《ひえあわ》みのって椹の実なって、百のばばさが宰領してて、年寄りは楽にくらしているだと。飛騨の山は深いっちゅうで、隠れて住んでいる年寄りたちがいるじゃあねえずらか。

――そういうことは、ないとおもいます。町役場といたしましては、もうじゅうぶんに手をつくしましたので、結論を出さなくてはいけません。ヤエさまのシッソウセンコクの申し立てをしていただけませんか。役場が手続のお手伝いをいたします。

――どういうことだね。

――ずっと長いあいだ行方不明とわかれば、戸籍をそのままにして置くことはできません。ヤエさまは、お家を出られてから十八年になります。おうちの方が、シッソウセンコクの申し立てをしていただき、裁判所がイッテイの手続きを経て、それを認めると、役場が、戸籍からマッショウすることになります。

――あんたは、それをさせるために、わしんとこへ通ってきたのかえ。いやだ。そんなことはできねえ。戸籍を消すって、おふくろを殺すことじゃあねえか。わしは、おふくろが帰ってきてくれるとおもうから、こうして待って、生きているだよ。おふくろが死んだら、わしは生きていられない。おふくろの戸籍、消さなんでおくれ。わし、榧の木平へ行く。もう、この家へ来なんでおくれ。

〈了〉

跋

市川一雄さんの小説

勝又　浩

市川一雄さんが新しく作品集をまとめるについて、私に何かことばを添えよというご注文である。それで伺うと、いま「遠近」（東京）で書いている森重良子さんが「黒馬」（岡谷市）で書いていたころ一緒だったということだ。「黒馬」なら、同人雑誌評担当当時ずっと読んできた雑誌だから何かお手伝いできるかもしれない、そう考えてお引き受けした。雑誌全体の個性が強く印象に残っていたからである。

そんな次第でゲラ刷りになった作品を漫然と読み始めたのだが、二つ目の作品、『かがやく酸素のかたまり』に来て、俄然、ああ、これは前に読んでいるな、という思いが湧き上がってきて驚いた。毎月たくさん読んでいた頃のことではあるし、こういうことはあまりない。

……町営のものらしい温泉銭湯での毎日の朝風呂、そこに通ううちに鬱病も治ってしまうというような生活、浴場で知り合った五明老人、彼と飲みに行く、裏路地の古びた小さな店、そこの美人で感じのよいママさん、そして何よりも五明老人の、今の風采からは想像もできないような過去、と言ったって別段華やかなものではない、この地に精密機械工業が盛んだった頃の、腕のよい機械工としての活躍ぶりだが、それがいかにも、こういう人たちの堅実な働きによって地域の産業や経済が支えられていたのだと分かるようなエピソードであった……

こうした一場面一場面を、言うならば、これが人の生活だなと思いながら気持よく読んだことが、まるで昔見た夢が蘇ってきたように鮮やかに浮かび上がってきたのだ。こんなのは珍しいこと、あるいは逆に、たまにあることで、私のあまり頼りにならない記憶力のフィルターが、自分の感覚の何かに触れたものだけを勝手に残して行く、そういう例であるらしい。

それで調べてみると——これが大変だったのだが——私はこの作品が「黒馬」（38号）に発表された当時読んで、そのころ担当していた「三田文学」（105号、平成二十三年春季号）の「新 同人雑誌評」で紹介していて、対談相手の伊藤氏貴さんも「意外で面白い」と賛同してくれていたことが確認できた。そして、そう気が付いてみると、他の作品、『四王湖岸』も『とうもろこし畠の家』についても、明らかに読んでいる記憶が、あちこちで蘇ってきた。とくに『四王湖岸』に描かれた語り手の少年時代、湖とすっかり一体化したような場面などは、海しか知らない私には大変新鮮で、また驚きでもあったことが思い出された。作品に書かれた出来事としての事実よりも、それを伝えている語り手の感覚や姿勢、そういうものに惹かれ、また説得されるらしいが、それが私の記憶の癖で、市川作品はそうした私の好みに合うのかもしれない。

＊

ここに収められた五編は、あえて分ければ、語り手が惚れ込んで、多少付き合いもあった人と、もう一つは、付き合うまでは行かなかったが、人生のあるところですれ違うように触れて、やがては消えていった人、そんな二系統に分類できるだろう。前者は、先の五明成吉老人や、かなり我が儘を通した人らしい『ある歌びと』の岩井香代だが、後者は、引っ越してしまった後、とうとう音信の途絶えた『水色のバス』の名取幸代、友人の家で一度会っただけなのに一生忘れられない人となった、聾唖者だった画家とその夫人である。そして、これらの付き合った人、すれ違った人たちに共通するのが、みな名もなき庶民であり、芸術家であったとしても無名のうちに終わったような人たちである。作者の関心がおのずとそういうところに傾くらしいが、またそれがこの作者の持ち味である。

『水色のバス』には、日本の製糸業を支えていた熟練工女の存在に惹かれ、注目する語り手がいるが、それは、「糸を取って（高校を）出してあげる」と言った彼の母親の姿に重なっているし、また、後に義父の失職にあって大学進学を諦め、地方紙の記者となって一家を支えた語り手自身の生き方に重なっている。社会の、いわゆる下積みの人間への関心や同情、思い入れは、この語り手には自分の家族を思う気持と変わらないのだろう。そしてそれは、そのままこの作者の芸術家たちへの眼差しにも通じていよう。『とうもろこし畠の家』には無名だったり、力はありながらメジャーな存在にはなれなかった画家への深い思い入れが書かれている。

語り手が高校生のとき一度だけ会ったという聾唖の画家のことはもとよりだが、その人と重ねられている郷土出身の画家、西郷孤月についても私は知らない。絵を観たことはないが、それでも、この語り手の言い分を信用してしまうのは、この語り手が持ったある種の雰囲気に、読者としての私が惹かれ、魅せられているからであるだろう。その語り手が、ここではちらと本音を漏らすように、現代の超メジャーな画家の名をあげて「本ものではない」と断じている。それだけでもこの語り手の鑑賞眼がうかがえるが、そんなところも、私は一も二もなく賛同してしまうわけだ。

念のために記しておくと、収められた五作の語り手は、『ある歌びと』『水色のバス』が川村一郎『四王湖岸』が「川村一夫」、他の二編が「わたくし」と「私」、というように、名を変え、使い分けられている。まあ、ちらちらと表れている経歴は共通しているから、人物としては同じ人間なのだろうが、作者の意識としては違うわけだ。そのところに立ち入るとまた別の厄介な問題があるが、いま簡単に言ってしまえば、これら五作は、いわゆる私小説ではない、ということである。言い換えると、共通する人物が中心にいるが、小説は、その人物自体を描くのが目的ではないということだ。彼らはあくまでも、そこに立ち会った人、伝える人として存在している、ということである。私が主人公と言わず、語り手と呼ぶ所以もそういう事情によっている。作品にはときに彼自身の経歴が挿まれているが、それは、言うならば、相手の話を聞くために自己紹介もしているようなものだろう。だから相手や話の内容に応じて紹介の仕方や質も変わるように、書き込まれた語り手の経歴もその度に密度が変わるわけで、人称の違いもそういうところによっているわけだ。匿名性にも通じた語り手のこんな姿勢が、しかし結果的には、語らぬうちに反ってその人柄を語っている、と言ってもよいであろう。私が惹かれたのも作者のそんな心の姿であったと思われる。

ところで、以上見てきたのは主に四編の小説に共通した特徴性格だが、その、いわば総編となっているのが『四王湖岸』であろう。この一編だけは他の四編と少し違っているのだが、それは、ここにもたくさんの出会いやすれ違いが書かれているだけではなく、実は、ここで語り手が惚れ込み、徹底して付き合い、そして、その知られざる実力や魅力を語りつくそうとしている相手が、実は人ではなく自然、つまり諏訪湖なのだ。それは他の小説の人物たちと同様、あくまでも誠実で、控えめで、ずっと人間たちにやられっぱなしで、にもかかわらず、限りなく人間たちに尽くし、恵みを与えてきた、一つの大きな存在なのだ。この語り手が半ば生理的本能的に、不運な、無名な画家に惹きつけられていったように、人に裏切られ続けてきたこの湖に惹きつけられるのだ。この作者が名もなき熟練工、熟練工女を敬愛してきたように、黙々と人の生活の根底を支え続けてきたこの湖を敬愛してやまないのだ。そして、ここでもう一つ大事なことは、彼のそうした人間的な性格を培ってきたのが、実は他ならぬ、当のその湖だったに違いないという事実である。

みずうみの水はあたたかく、からだに浸透して、みずうみに溶けこんでしまうような心地になれた。腕と脚の力を抜いてゆっくり泳ぎ、いくら泳いでも疲れなかった。頸が痛くなったら仰向けに浮き、脚だけゆるく上下させて、乾いた白い雲をながめいてればいい。遠い陸上の物音はもうなにも聞こえてこなくて、音の消えた水の世界には陶酔と自由があった。

次は夜。

（…）星あかりをはねかえす、ゆるい浪間をぬって泳いだ。夜の泳ぎほど心地いいものはない。日中の太陽光で温められた湖水はなめらかで、抵抗感がなく、いくら泳いでも疲れを感じない。湖上は気味わるいほど静かだ。闇のなかで自分の腕が掻く水音しかきこえず、何ものにも拘束されない全き自由があった。（…）水の感触に酔い、我をわすれた時間が流れた。

いたって静かだが、しかし不思議に生々しく、エロチックでさえある。読んでいて、羨ましさを通りこして嫉妬さえ湧き上がるほどだか、これが、この語り手の、いわば母の胎内での記憶につながる至福の時なのであろう。ここでは、この語り手にしては珍しく文章の調子も変わり、「みずうみの世界にとけこんでしまって」いる、「この上なくしあわせな気持ち」が繰り返し言われている。彼には、高波を立てて荒れ狂った湖さえも、「見る者のない真夜中に狂乱し、叫喚しているみずうみは同志だった」ということになる。

こうした、自然との稀有な親和、一体感、それがこの語り手の生の原点なのだ。そういう意味では、彼は既に語り手ではなく作者自身、つまり『四王湖岸』は他と違って、まさしく私小説なのだ。彼は湖への人間たちの仕打ちを嘆き、憤っているが、それは自身を産み、育てた聖なる母を傷つける者への怒りに他ならない。

ここからもっと言ってしまえば、こういう彼は、つまりは諏訪湖の申し子、そして諏訪湖の代弁者なのだが、言い換えると、市川一雄の小説、その語り手は、そういう「私」なのだ。

ちなみに付け加えておくと、タイトルの「四王」とは諏訪湖周辺の一つの町、つまり地名である。町の人、市の人以外はあまり知られていない地名だが、それをはばからず押し出しているところにも、この語り手の「申し子」らしいところが現れていて、私は納得したのである。

〈著者紹介〉

市川一雄（いちかわ　かずお）

昭和 10 年（1935）下諏訪町生。県立諏訪清陵高等学校卒。

作家・編集者。地域紙「湖国新聞」編集長を経て、

編集工房「草原社」「あざみ書房」を設立し、今井久雄著『村の歳時記』全四巻、

小松茂勝著『諏訪湖の恵み』など地方文献を出版。

著書に『岡谷製糸王国記』（鳥影社）、小説『と川子別れ』（鳥影社、刊行予定）、

『と川石人譚』（草風社）、評伝『すわ人物風土記』（信州風樹文庫ふうじゅの会）、

ノンフィクション『すわ湖の町の平成元年』（あざみ書房）、

嶋崎昭典らとの共著『諏訪大紀行』（一草舎）、

宮坂光昭らとの共著『諏訪大社の御柱と年中行事』（郷土出版社）、

宮坂五郎との共著『戦争が消した〝諏訪震度６〟』（信濃毎日新聞社）など。

諏訪こぶしの会（新田次郎顕彰会）会長、ふるさとの製糸を考える会副会長を勤めた

諏訪市文化財専門審議委員、下諏訪町文化財専門委員。

文芸誌『窓』編集発行人。

四王湖岸

定価（本体 1500 円 + 税）

乱丁・落丁はお取り替えします。

2019年 3月22日初版第1刷印刷
2019年 4月 7日初版第1刷発行
著　者　市川一雄
発行者　百瀬精一
発行所　鳥影社 (choeisha.com)
〒160-0023 東京都新宿区西新宿3-5-12トーカン新宿7F
電話 03(5948)6470, FAX 03(5948)6471
〒392-0012 長野県諏訪市四賀229-1(本社・編集室)
電話 0266(53)2903, FAX 0266(58)6771
印刷・製本　モリモト印刷

ISBN978-4-86265-715-2 C0093